CONFLUENCE

TATOUEURS CHICAGO SUD

MENOFINKED.COM

Tatoueurs Chicago Sud
MEN OF INKED®

Manœuvre
Confluence
Accro
Tumulte
Amour

Édition : Bliss Ink & Chelle Bliss
Publié le 2021
Éditeur : Silently Correcting Your Grammar
Traduit de l'anglais par : Well Read Translations

Mamie,
Quelle chance j'ai eu de t'avoir dans ma vie ! J'ai
gagné le gros lot en naissant dans cette famille italienne
un peu folle, drôle et parfois bruyante.

Merci de m'avoir toujours enveloppée de ton amour et
d'être la meilleure mamie au monde.

Chelle

CHAPITRE 1
DAPHNE

JE NE M'ATTENDAIS pas à ressentir ce genre d'émotion, en regardant mon père fraîchement sorti de prison après tant d'années. C'est un peu comme si je voyais quelqu'un se relever de sa tombe.

Il a un peu vieilli depuis ma dernière visite. Deux ans après sa condamnation, il n'a plus voulu qu'on vienne le voir. Ça a contrarié tout le monde dans la famille, et ma mère en particulier.

J'imagine que les années passées derrière les barreaux peuvent faire vieillir prématurément les détenus, même quelqu'un d'aussi fort et résistant que mon père. D'après ce que j'en sais, la vie en prison est tout sauf simple, et le visage de mon père en est la preuve. Les rides autour de ses yeux, auparavant si légères et à peine visibles, sont à présent profondes et marquent sévèrement sa peau mate.

Ma est la première à aller à sa rencontre. Dès qu'elle est assez près de lui, elle se jette à son cou. Mon père la serre contre lui, fourre son visage dans le creux de son cou et la soulève pour la faire tournoyer dans les airs.

Ce n'est pas la première fois qu'ils vivent ce genre de retrouvailles. Depuis que je suis née, mon père n'a cessé de faire des allers-retours en prison, sans jamais en tirer de leçon.

En les regardant s'enlacer, je ressens un bref moment d'espoir. Je me dis qu'il sort peut-être *repenti* de ce dernier séjour. Mais il s'agit de Santino Gallo, celui qui n'a jamais semblé tirer le moindre enseignement de ses années en prison.

On dit que passé un certain âge, on n'apprend plus rien, mais je ne suis pas d'accord. Mon père a très bien appris les leçons ; c'est juste qu'il refuse de s'y conformer. Il préfère vivre selon ses propres règles, en dépit du système.

C'est bien notre veine.

Au début, personne ne semble remarquer la présence de mon père à côté de ma mère. Mais après un moment, comme dans les films où la musique s'arrête d'un coup, le silence emplit la pièce. Tout le monde regarde mes parents dans les bras l'un de l'autre.

Je porte mon verre à mes lèvres et bois le whisky à petites gorgées, en essayant de rassembler mes esprits. Je devrais être contente de ce moment joyeux, mais une partie de moi est en colère. Aujourd'hui, c'est le grand jour de Lucio et Delilah, pas celui de mon père ; mais il se débrouille toujours pour que tout tourne autour de lui.

Angelo s'approche et pose ses mains sur le comptoir, derrière moi.

— Bon… Ça promet.

— Tu veux que je te dise ?

Je repose mon verre vide et me tourne vers lui.

— Ça pue la merde.

— Peut-être qu'il saura se tenir, cette fois-ci, me dit-il.

On se met à rire. On sait bien que c'est utopique.

On connaît Santino.

On connaît ses coups foireux.

Ses mensonges.

Au fond, mon père est un homme bon. Un père aimant et un mari généralement loyal et attentionné – du moins l'était-il à sa dernière sortie de prison.

— Pop est de retour ! nous annonce Vinnie comme si tous les gens réunis pour le mariage ne voyaient pas ça de leurs propres yeux.

— Tu l'as dit, Capitaine Flagrant, le taquine Angelo.

Vinnie est celui qui a passé le moins de temps avec papa. Étant le plus jeune, il a vécu la majorité du temps avec un père en prison. Malgré tout, il l'idolâtre. Il s'est toujours fait une bonne opinion de lui. Nous, on n'est pas dupes. C'est la conséquence d'années de déceptions.

Sans Lucio et Angelo, je ne sais pas ce que Vinnie serait devenu. Ils l'ont guidé et conseillé dans les affres de l'adolescence, et il leur doit d'être l'homme qu'il est aujourd'hui.

— Il a une drôle de façon de choisir son moment. Pourquoi ne fait-il jamais rien de normal ? dis-je en secouant la tête, dépitée. Il n'a pas honte… Il n'a aucune limite !

— Tout va aller de travers, déclare Lucio en nous rejoignant avec Delilah.

— Vous n'êtes pas contents ?

Delilah nous dévisage. Elle n'a pas conscience de la complexité de mon père, ni des années de conneries qu'il a au compteur.

— Mais si, bien sûr. C'est notre père. C'est juste qu'il ne facilite la vie de personne.

Lucio lui enserre la taille et pose un baiser sur sa tête.

— Tu t'en rendras compte bien assez tôt.

— Il ne peut pas être pire que mon père, répond-elle, nous faisant tous relativiser.

Delilah sait bien ce que c'est, d'avoir un père foireux. Je préfère avoir eu affaire aux emprisonnements successifs du mien, plutôt qu'aux colères alcoolisées du sien.

Même après des mois, son père n'a pas pris la peine de la contacter. Il s'est débarrassé d'elle et s'en lave les mains, préférant faire comme si elle n'avait jamais existé plutôt que de reconnaître ses torts et de venir implorer son pardon. Au moins, mon père n'a jamais voulu me faire du mal. Il s'est peut-être comporté comme un connard égoïste, mais lui, au moins, il ne nous a pas continuellement blessés.

— Mes *bambini*, lance mon père en marchant vers nous, les bras grands ouverts, ressemblant plus à un papa poule qu'à un ex-taulard.

Il porte un nouveau costard. Il a tout planifié pour faire son apparition en plein mariage, se gardant bien de nous tenir au courant de la date de sa libération.

Ma mère se tient derrière lui et nous regarde. Elle n'est pas très contente, parce qu'on ne se précipite pas dans les bras ouverts de notre père comme elle l'a fait. J'aime ma mère. Je l'adore même, plus que quiconque sur cette planète ; mais bon sang, dès qu'il s'agit de mon père, on dirait qu'elle n'a plus aucune volonté, qu'elle n'est plus capable de la moindre fermeté.

Je me tourne vers Lucio en ignorant le regard noir de maman.

— Il est sérieux ?

Lucio ne répond pas. Il secoue simplement la tête, à court de mots.

Apparemment, papa n'a pas capté qu'on n'était pas ravis de son retour. Le fait que notre mère nous demande de l'engager à *Accro & Tumulte* – pour ne pas dire qu'elle nous l'impose, puisqu'il est interdit de lui refuser quoi que ce soit – complique encore les choses. Et ça ne facilite pas nos sentiments à son égard…

Vinnie est le premier à prendre mon père dans ses

bras d'ours. Il le fait presque décoller du sol pour lui faire un câlin.

— Tu nous as manqué, lui dit-il comme s'il parlait en notre nom à tous.

Ce qui est loin d'être le cas.

Je me souviens de l'époque où j'étais comme Vinnie. Mais après la troisième, ou peut-être la quatrième cérémonie à la con pour fêter sa sortie de prison, j'en ai eu ras le bol. J'étais blasée.

Qui ne l'aurait pas été, à ma place ?

Devoir dire au revoir à son père encore et toujours parce qu'il est incapable de respecter la loi devient fatigant au bout d'un moment. À la fête de l'école, quand mes copines pouvaient compter sur leur père pour les danses Père-Fille, je devais toujours me contenter d'un de mes grands frères, parce que mon vieux avait encore pris cher pour des conneries stupides qu'il aurait très bien pu éviter. Mais il a toujours préféré ses délits à la vie de famille.

— Mon Dieu, dit papa dès que Vinnie le repose par terre.

Il lève les yeux vers son plus jeune fils et l'attrape par les épaules, pressant ses muscles au passage.

— Ce que tu as grandi !

Mon père rayonne de fierté.

J'ai une remarque acide au bord des lèvres sur le fait qu'il a loupé la dernière poussée de croissance de Vinnie. Angelo me pousse du coude ; il sait que je suis prête à ouvrir ma grande gueule pour dire quelque chose que je regretterai plus tard.

Vinnie était au lycée quand mon père s'est fait coffrer la dernière fois et qu'il a pris sept ans ferme. Papa a raté tellement d'étapes importantes… Il n'était pas là quand Vinnie a remporté le championnat d'État, ou quand il a été élu dans l'Illinois : quarterback de l'année. Deux événements qu'on a fêtés en famille, sans lui.

Pendant sa dernière absence, Vinnie a en effet eu une sacrée poussée de croissance : il a pris quinze centimètres, alors qu'il faisait déjà un mètre quatre-vingt-trois. C'est un monstre, large d'épaules et musclé. Il a tout d'une star de foot.

— Il est balèze, dit ma mère. Et attends de le voir jouer…

Mon père le regarde, les yeux écarquillés. Il est peut-être surpris par sa taille ou choqué d'évaluer tout ce qu'il a raté. En voyant cet homme adulte devant lui à la place de l'adolescent qu'il avait quitté, il doit se prendre en pleine gueule la réalité de ce temps passé qu'il ne pourra jamais rattraper.

— Je viendrai à tous tes matchs, promet-il.

Je me retiens difficilement de lever les yeux au ciel. Il nous fait le coup chaque fois qu'il sort de taule. Il est plein de bonnes intentions et fait des tas de promesses. Il est probablement sincère et croit pouvoir les tenir, mais jusqu'ici, il a toujours fini par retomber dans la délinquance et s'éloigner de nous.

Lucio se penche en avant et murmure :

— On lance les paris ?

Les deux dernières fois où il est sorti de prison en déclarant être un homme nouveau, on a parié sur le temps qu'il tiendrait avant de retourner derrière les barreaux. Cette fois ne fera sûrement pas exception. Jusqu'ici, Angelo a toujours gagné en prédisant le temps exact qui s'écoulerait avant la prochaine arrestation.

Il demande d'une voix étouffée :

— En mois ou en années ?

— En années serait un peu trop optimiste, dis-je. Je lui donne six mois.

— Je dirais un an, rétorque Lucio.

— Neuf mois, maxi, ajoute Angelo.

Je ne suis pas la seule enfant Gallo à être désabusée. On connaît tous trop bien notre père pour se laisser berner par ses promesses à la noix. Mais Vinnie est encore plein d'espoir et bien trop crédule pour que notre aigreur lui noircisse le tableau.

Mon père se rapproche de nous les bras ouverts, comme si nous avions attendu avec impatience son grand retour à la maison.

Il y a longtemps, j'étais une petite fille à papa. À cette époque, j'aurais sauté dans ses bras en criant de joie. Cette fille-là n'existe plus, mais mon père n'a pas encore regardé cette réalité en face.

— Regardez mes enfants… Si grands, si beaux ! dit-il.

Angelo répond d'une voix froide :

— *P'pa.*

Lucio lui adresse un signe de tête.

— Pop.

— Hey, papa (je ne l'ai jamais appelé autrement). T'as l'air d'aller bien.

— Daphne, tu es devenue une magnifique créature.

Je ne peux réprimer une remarque désobligeante à propos de son absence et j'explose :

— Ça n'est pas arrivé en une nuit !

Il secoue la tête ; il sait qu'il a merdé.

— Ça n'arrivera plus. Je ne retournerai jamais là-bas. Je le jure.

Ma mère est pratiquement pendue à son cou. Contrairement à nous, elle est ravie de son retour, ravie d'avoir à nouveau son homme à ses côtés. Elle a toujours été gaga de mon père. Je ne connais pas une autre femme sur la planète capable de s'accommoder de toutes ces conneries comme elle le fait toujours, d'une façon ou d'une autre.

— Voici ta nouvelle belle-fille, Delilah, dit-elle en montrant Dee d'un signe de tête.

— Tu es encore plus belle que sur les photos, dit mon père.

— Je suis contente de faire enfin votre connaissance, répond Delilah, en lissant de ses mains le tissu de sa robe de mariée.

Elle est magnifique aujourd'hui. Qu'on ne se

méprenne pas, Delilah est toujours très belle. Mais le jour de son mariage, une femme a toujours quelque chose en plus qui laisse tout le monde sans voix.

Lucio et Angelo se tiennent les bras croisés, sans sourire le moins du monde. Avec leurs gros muscles et leur costard impeccable, ils ressemblent aux videurs d'un club huppé.

— Ne soyez pas comme ça, leur dit mon père en agitant une main en l'air.

Il s'avance et jette ses bras autour de mes grands frères pour les prendre tous les deux en même temps dans ses bras.

— Je suis rentré, maintenant. Ne vous inquiétez de rien. Je contrôle la situation.

Ce sont les mots qu'on redoute le plus. Quand mon père dit contrôler la situation, ça implique des trucs louches et ça finit toujours au commissariat de police.

— Que la fête commence ! lance mon père en faisant signe au DJ.

Il prend ma mère sous un bras et entoure Lucio de l'autre.

— On va fêter ça. C'est un grand jour.

Lucio ne râle même pas. Le bonheur qu'il ressent aujourd'hui est peut-être trop intense pour être terni par la présence de papa. Le choc engendré par l'arrivée de mon père se dissipe et les invités recommencent à bavarder.

— Je reviens sur mon pari : je lui donne trois mois,

me dit Angelo en les regardant se diriger vers le bar d'un pas nonchalant. Il n'a absolument pas changé.

Je sais qu'il a raison.

Santino Gallo est le même homme fier, charismatique et dédaigneux des lois qu'il était il y a cinq ans, quand il s'est fait arrêter. Je ne comprendrai jamais comment il a pu convaincre le comité de probation de le laisser sortir deux ans plus tôt. Je suis sûre qu'il les a séduits avec ses promesses d'être un homme nouveau. Mais monsieur est incapable de s'intégrer à la société et d'agir normalement. Au moins, cette fois-ci, il n'apparaît pas sur toutes les chaînes d'informations télévisées pour des conneries qu'il n'aurait pas pu s'empêcher de faire, c'est déjà ça.

J'ai besoin de normalité.

Je veux de la simplicité.

Mais curieusement, je ne vais jamais vers la facilité… Ça fait sûrement partie de mon héritage familial.

Tout le monde se tait alors que mon père distribue des coupes de champagne. On échange des regards en essayant de faire comme si on était contents de son retour. On sait bien que notre mère voudrait qu'on se montre enthousiastes, mais ce n'est pas si facile. Au fond, on est heureux qu'il soit à la maison, sain et sauf. Comment ne pas l'être ? C'est notre père, après tout. Mais ça n'empêche ni la peine ni la colère.

— À Lucio, Delilah, et aux nouveaux départs !

Papa lève son verre et attend qu'on en fasse autant.

— Tchin-tchin, disent mes frères à l'unisson, cédant finalement au regard réprobateur de ma mère.

Je bois mon verre cul sec, espérant être grisée le plus vite possible. L'alcool rend les situations embarrassantes comme celle-ci un peu plus faciles à supporter. À l'heure qu'il est, je ne suis pas contre un peu de courage liquide ou, comme je dirais, de liquide amnésique.

— Santino…

La voix d'oncle Sal, reconnaissable entre toutes, résonne dans mon dos.

Je me tourne vers lui en haussant les sourcils, la flûte de champagne toujours contre mes lèvres. Ça va commencer à être amusant…

Salvatore Gallo a très peu de patience envers son frère – qui se trouve être mon père. Ils ne se ressemblent en rien, si ce n'est physiquement. Si je ne les connaissais pas, avec leur chevelure poivre et sel et leur belle gueule démoniaque, je les croirais jumeaux. Mais à part ça, ils n'ont rien en commun. Oncle Sal est un homme complètement dévoué à sa famille quand mon père se préoccupe plus de ses *affaires*.

Il y a eu de l'animosité entre eux pendant des années. Après une dispute, ils avaient même arrêté de se parler. Mais leur tempérament s'est radouci avec le temps, ou avec l'âge.

Juste avant que mon père retourne en prison, ils avaient tourné la page et s'étaient pardonnés. Mais ensuite, les choses se sont de nouveau dégradées, le nom des Gallo a encore été sali et ça a de nouveau abîmé leur relation. Pour autant, ça n'a pas affecté la façon dont mon oncle Sal nous traite. Il sait bien qu'on n'a rien à voir avec notre père.

— Sal ! dit mon père avec un sourire accroché jusqu'aux oreilles. Tu m'as manqué, mon frère.

En entendant le mensonge éhonté de mon père, j'évite de justesse de recracher sur l'assemblée une gorgée de ma deuxième coupe de champagne.

— Tu as l'art de choisir ton moment, répond mon oncle sur un ton caustique.

Derrière Sal se tiennent ses enfants : Joseph, Michael, Anthony, Thomas et Izzy. Comme moi, ils attendent tous le feu d'artifice.

Mon père a toujours appelé son frère Sal, « l'élitiste ». Il prétendait qu'en déménageant à Tampa, Sal n'avait pas seulement tourné le dos à ses racines, mais à la famille entière. Même si c'était le cas, ce n'était pas parce qu'il se croyait supérieur. C'était à cause de mon père. C'était lui le cœur du problème ; la pression qui se répercutait sur Oncle Sal était énorme.

Je ne lui en veux pas d'être parti. Si j'avais pu, j'en aurais fait autant. Il y a quatre ans, j'ai même pensé changer de nom, mais je savais que ça ne servirait à rien. Dans le quartier, tout le monde connaît mon père et notre illustre passé, alors inutile de se décarcasser pour rien.

J'aime bien mon oncle Sal et mes cousins. J'aurais

aimé qu'ils restent dans le coin un peu plus longtemps, pour faire partie de ma vie quand j'étais petite, plutôt que de tout quitter pour le sable chaud de la Floride.

Mon père ne s'attarde pas longtemps à regarder son frère avant de se tourner vers Tante Maria, la femme de Sal.

— Mar, tu es plus belle que jamais.

Mon père lui fait un clin d'œil d'un air joueur, essayant sans aucun doute d'énerver son frère.

— Tino, répond simplement Tante Maria, debout à côté de son mari, sans partager la gaieté joviale de mon père.

Ce qui est curieux sans être drôle, c'est que d'habitude, Tante Mar se comporte comme ma mère. Elles sont complètement différentes en réalité, mais bon sang, elles sont aussi fouineuses et autoritaires l'une que l'autre.

C'est au tour de la sœur de mon père d'intervenir. Elle le toise de la tête aux pieds.

— Bonjour Santino.

Tante Fran croise les bras sur sa poitrine.

— Tu as l'air…

Sa voix s'éteint et sa lèvre supérieure tressaille.

Bear, son mari, passe un bras autour de sa taille comme pour la retenir et lui chuchote quelque chose à l'oreille.

J'ai passé peu de temps avec Bear, mais je le trouve bizarrement fascinant. Au premier regard, on pourrait croire qu'il est redoutable, alors que c'est un gros nounours – et un sacré vicieux. Il a réussi à séduire ma tante Fran, chose que je n'aurais jamais cru possible.

Quand elle s'est séparée de son premier mari, ça s'est vraiment mal passé et j'ai cru qu'elle ne tomberait plus jamais amoureuse. Avec son look fétiche composé d'un survêt et d'une paire de baskets, elle ne risquait pas d'attirer plus qu'un rapide coup d'œil de la gent masculine. Mais elle a beaucoup changé ; maintenant, elle porte des vêtements qui la mettent en valeur et impliquent beaucoup moins de tissu.

— Fran, tu es un régal pour les yeux.

Papa n'essaie même pas de l'approcher.

Aucune autre femme, mis à part ma mère, ne l'impressionne autant que sa sœur. Elle est toute petite, mais putain, j'aimerais avoir sa repartie !

— J'ai besoin de boire un verre, dit-elle en jetant un coup d'œil par-dessus son épaule à son mari aux cheveux grisonnants. Quelque chose de puissant.

Bear a un léger sourire en coin quand il pose ses lèvres sur sa joue.

— Chérie, j'ai justement…

— Ne dis rien, le prévient Fran, la bouche crispée.

— Choisis ton poison, Tante Fran, dis-je.

Rien de tel que quelques verres de n'importe quel alcool fort pour noyer la folie pure qui caractérise ma famille.

— Whisky, ma puce, répond-elle en souriant.

— Moi j'aime bien quand tu bois de la téquila, gémit Bear.

Je me retiens de rire. Elle est peut-être comme moi ; pour ma part, même avec une petite quantité de téquila, je perds tout bon sens et ne contrôle plus rien. Ce n'est pas beau à voir, et je ne suis jamais fière des nuits que je passe avec monsieur Cuervo.

— C'est bien pour ça que je veux du whisky, répond Fran en fronçant un sourcil, et Bear ne discute pas.

— Je vais chercher quelques bouteilles, dis-je en posant mon verre vide sur le comptoir, prête à passer aux choses sérieuses.

— Bonne idée, ma p'tite, me lance Bear avec un clin d'œil.

Ma cousine Izzy, la seule fille d'Oncle Sal, me rattrape alors que je me dirige vers l'autre bout du bar, soulagée de m'éloigner un peu de ma famille.

— Ça va ?

Elle pose une main sur mon bras tandis que je me penche au-dessus du bar et me rends compte que mes seins sont presque sortis de mon décolleté.

— Très bien. Super cool, putain.

Je réajuste mon soutif sans bretelle qui rentre dans ma peau, maudissant tout bas Delilah et ses goûts de merde en matière de robe.

— Si tu as besoin de parler, je suis là, me dit Izzy.

Ma cousine est tout simplement parfaite. Elle a une peau de rêve, des cheveux magnifiques, et sa tenue est à tomber par terre. D'ailleurs, tous mes cousins sont parfaits, et en particulier les enfants de Sal.

Pour ma part, je porte une mousseline en soie hideuse, cauchemardesque, avec tellement de volants sur le devant que je pourrais tout aussi bien ne pas avoir de sein. Dans ce millefeuille de tissus, on ne distingue rien.

— Merci, Izzy, mais j'aime autant ne pas parler de lui. Parlons de toi, plutôt. J'ai entendu des rumeurs très intéressantes.

— Des rumeurs ?

Elle hausse un sourcil brun à la courbe parfaite et m'adresse un petit sourire narquois.

— Et… quel genre de rumeurs ?

— J'ai entendu dire que tu aimais être soumise à ton mec. Je ne sais pas comment tu fais. Je veux dire, si un type me donnait des ordres, je lui mettrais probablement mon genou dans les couilles.

Je n'en dis pas plus, histoire de ne pas la blesser. Je ne sais pas si elle a envie d'en parler et honnêtement, sa vie sexuelle ne me regarde absolument pas.

Izzy se met à rire et met sa main devant sa bouche recouverte de rouge à lèvres.

— Ce n'est pas ce que tu crois.

— Il n'est pas autoritaire avec toi, ne te dit pas quoi faire ?

Elle agite sa main en l'air.

— Seulement au lit. Pour le reste, c'est moi qui commande.

Le barman s'approche de nous. Il nous regarde et se redresse un peu, bien qu'il ait déjà un pied dans la tombe.

— Qu'est-ce que je vous sers, mesdames ?

— Trois bouteilles de whisky. Haut de gamme.

— Trois ?

Il se penche en avant comme s'il n'était pas sûr d'avoir bien entendu.

Je hoche la tête et brandis trois doigts.

— Trois.

— Attendez un moment, dit-il avant de disparaître.

— Un homme a intérêt à me donner du plaisir comme jamais, s'il veut pouvoir me dominer au pieu.

— C'est le cas.

Elle rayonne, et une partie de moi se met à la détester.

— Et ce n'est pas aussi terrible que tu le crois.

À mon tour, je la dévisage en haussant un sourcil.

— Je ne peux pas me faire à l'idée…

— Tu ne connais le plaisir que quand tu t'abandonnes totalement. Tu devrais essayer, un de ces jours.

J'ai envie de lui dire d'aller se faire foutre, mais je ne peux pas. Elle a l'air tellement heureuse, et en plus, il faut bien avouer que son mari est un sacré spécimen. Il pourrait probablement me faire tomber à genoux et m'amener à le supplier d'avoir une fessée moi aussi. Il est tellement beau ! Ils forment un couple parfait.

C'est agaçant.

— Et voilà pour vous, dit le barman, et son intervention m'empêche de justesse de dire des trucs que j'aurais sûrement regrettés.

J'attrape les bouteilles, montre d'un mouvement de tête la flopée de verres que le barman fait glisser vers nous sur le comptoir et demande à Izzy :

— Tu es prête ?

Elle attrape les verres et me suit en direction des tables où mes cousins se sont déjà confortablement installés.

Nos parents ne sont pas là. Ils se trémoussent sur la piste de danse, faisant honte à Fred Astaire et Ginger Rogers.

— On ne les attend pas, dit Morgan, le fils de Fran, saisissant une des bouteilles de whisky que je pose sur la table.

— Je n'aurais jamais cru les voir un jour, tous dans la même pièce à nouveau, dit mon cousin Joe en pointant son menton vers la piste de danse.

Il se détend et prend le verre de whisky que Morgan lui tend. Suzy, sa femme, se tient tout contre lui. Elle ne boit pas.

— C'est dingue, ajoute Michael, le frère de Joe en secouant la tête, se calant contre le dossier de sa chaise.

Je regarde mes cousins en me demandant à quoi a bien pu ressembler leur vie. Ici, il n'y a que nous, mais là-bas, en Floride, ils sont tous ensemble. Avant, Morgan était avec nous, mais ensuite mes cousins l'ont appâté en lui promettant des hivers chauds et un super boulot.

J'ai un peu d'aversion pour eux. Je ne devrais pas, ils sont de ma famille, mais c'est difficile de ne pas en avoir. Ils sont tous heureux et bronzés, contrairement à mes frères et moi qui sommes tristes et pâles.

— C'est bizarre, non ?

Morgan marque une pause, son verre levé devant ses lèvres.

— Mais il est encore tôt. On a tout le temps de voir le carnage arriver.

CHAPITRE 2
DAPHNE

MES JAMBES CHANCELLENT TANDIS que
je m'éloigne en titubant du chariot des desserts, après
avoir ingéré plus de gâteaux qu'il est humainement
possible de le faire. Avoir une démarche gracieuse est
quasiment irréalisable avec tout le whisky que j'ai bu et
les foutus talons hauts que Delilah m'a obligée à porter.

Je me fraye un chemin à travers la foule des invités,
mais malgré l'attention démesurée que je porte à chacun
de mes pas, je trébuche. Je chute en avant en poussant
un cri strident. Je suis bonne pour m'étaler comme une
crêpe sur la piste de danse, devant tout le monde.

Je tombe en battant des bras autour de moi, maudissant le whisky que j'ai bu. Mais alors que je m'apprête à
toucher le sol en essayant de protéger mon visage, des
bras m'enlacent fermement la taille et me ramènent en
arrière.

Je cligne des yeux et fixe la moquette vert sombre qui s'étend à mes pieds, là où j'aurais dû atterrir, ma robe soulevée par la chute révélant aux yeux de tous que je ne m'encombre pas de sous-vêtements.

Mon cœur bat fort. Quand mon dos percute un corps chaud, je dis d'une voix haletante :

— Hey, doucement !

Un homme me tient contre lui. Il vient de m'éviter la scène la plus embarrassante de toute ma vie. Quand il murmure à mon oreille, sa voix est si profonde que des picotements parcourent ma peau.

Je plaque les mains sur ma poitrine en soufflant : « Merde ! » J'essaie de me calmer après mon expérience de mort imminente. Bon. J'exagère peut-être un peu, mais je ne me serais jamais remise de m'être étalée sur la piste de danse devant trois cents invités.

— Je te tiens, dit l'homme dans mon dos et cette fois, sa voix suave envoie une avalanche de frissons sur mon corps comme une rangée de dominos dont on aurait déclenché la chute.

Son bras m'enlace toujours, sa main tenant fermement ma hanche. Il me serre si fort que je peux à peine respirer. Je tourne la tête, essayant de voir par-dessus mon épaule qui peut bien être mon sauveur, espérant bien qu'il ne s'agisse pas d'un cousin.

Ça serait gênant.

Mais ce n'est pas le cas. Je découvre un regard aux yeux sombres couleur de miel, invitant au péché ou à toute autre activité profane. On se dévisage tandis qu'il se tient toujours dans mon dos, son bras me maintenant contre lui.

Mes lèvres remuent, mais aucun son n'en sort. Je suis perturbée par son regard, qui semble pénétrer mon âme.

— Tu vas bien ? me demande l'Apollon.

Je ne peux détacher mes yeux de lui et ne fais rien pour mettre de la distance entre nous. Tout ce que je peux faire, c'est acquiescer. Je préfère ne pas risquer d'avoir l'air d'une adolescente prépubère en ouvrant la bouche, et je ne veux pas m'éloigner parce que je ne suis pas sûre de pouvoir marcher dignement.

Son sourire s'élargit jusqu'à atteindre ses yeux, et il me regarde… en riant ! Toute once de mortification que j'avais pu éprouver disparaît instantanément, et le beau gosse n'a plus l'air si sexy.

— Tu peux retirer tes mains de moi, maintenant, lui dis-je en plissant les yeux.

Comment ose-t-il me rire au nez ? Tu ne peux pas secourir quelqu'un et être ensuite hilare face au ridicule de la situation.

— Ne le prends pas comme ça, me dit-il, comme si j'étais complètement déraisonnable, ce que je ne suis pas.

— Je le prends comme je veux. Merci pour ton aide, mais tu peux me lâcher, maintenant.

Je serre les dents et mon corps se raidit.

Il resserre son emprise et place sa bouche tout près de mon oreille.

— *Bella*, murmure-t-il. Peut-être que j'aime te sentir contre moi.

Mon corps me trahit en frémissant contre lui. Bon sang, ce que je suis bien dans ses bras !

Le parfum musqué de son eau de Cologne imprègne l'air autour de nous et m'enveloppe de sa sensualité. Il caresse ma taille en faisant de lents va-et-vient avec son pouce, ce qui ne m'aide pas à m'éloigner de lui.

— Tu veux qu'on s'en aille et qu'on trouve un endroit plus calme pour discuter ? me demande-t-il.

Je tourne à nouveau mon visage vers lui et nos lèvres sont si proches qu'on est au bord de s'embrasser. Je voudrais lui demander s'il a du succès, d'habitude, avec ce genre de proposition, mais je me retiens. La réponse ne fait aucun doute.

Le whisky ne m'aide pas à prendre une décision rationnelle. Je devrais refuser, je le sais. Je devrais lui dire d'aller se faire voir et de me laisser tranquille, parce qu'on célèbre le mariage de mon frère et que je suis la demoiselle d'honneur. Mais à cause de sa façon de me regarder et de l'érotisme qui se dégage de son corps, je réponds rapidement *oui*.

Et puis, j'ai bu du whisky.

Apollon sourit.

Je recule un peu pour mieux voir son visage. Quelle pureté… Une perfection absolue. Ses yeux sombres couleur miel n'étaient qu'un avant-goût de ce qui chez lui est terriblement sexy, et la jouissance est une promesse écrite sur son visage. Sa mâchoire carrée a juste ce qu'il faut de barbe pour caresser l'intérieur de mes cuisses, et ses lèvres généreuses sont faites pour embrasser.

C'est le premier mariage où je ne m'attendais pas à baiser avec qui que ce soit. Comme toutes les personnes présentes sont plus ou moins de la famille, j'avais fait une croix sur les invités. Depuis le début de la soirée, entre les gens du quartier et la centaine de membres de ma famille, je ne voyais aucun orgasme à l'horizon. Mais voilà qu'Apollon apparaît, balayant la déprimante perspective de la soirée pitoyablement alcoolisée que je m'apprêtais à finir seule dans ma chambre d'hôtel.

Apollon lèche doucement ses lèvres. Je ne peux m'empêcher de suivre des yeux le mouvement lent de sa langue qui me fait l'effet d'une délicieuse torture. Je devrais lui demander son nom, mais à ce moment précis, ça n'a pas grande importance. Il pourrait s'appeler Clyde, je me vautrerais quand même au pieu avec lui pour la nuit.

C'est ce qui caractérise les coups d'un soir... Ils se passent de détails ; seule compte l'action. Et entre sa façon de me tenir et son regard brûlant de désir, je mettrais ma main à couper que c'est un amant sensationnel.

Personne ne nous remarque alors qu'on se faufile

dans le couloir. Apollon me guide vers la sortie, une main posée dans mon dos. Je lui lance un regard, au risque de tomber à nouveau la tête la première.

Il regarde droit devant lui en bombant le torse, le menton levé, plein d'assurance.

Son costard ajusté lui colle au corps là où il faut, faisant ressortir ses muscles.

On est à deux pas du bar de l'hôtel quand je me tourne vers lui. J'ai retrouvé un peu de lucidité, et la stupidité de ma décision me saute aux yeux.

— Attends, je ne peux pas partir comme ça... C'est le mariage de mon frère et je suis la demoiselle d'honneur. Je ne peux pas planter tout le monde.

Apollon ne cille même pas.

— Retournes-y, me dit-il. Je t'attendrai.

Mon cœur palpite sous l'ardeur de son regard et devant la promesse du plaisir qu'il est capable de me donner.

— Ne fais pas ça. Ça pourrait prendre des heures. Si on est faits l'un pour l'autre, on se reverra, lui dis-je, en buvant des yeux sa beauté sauvage.

Je recule et, par miracle, n'atterris pas sur les fesses.

À croire que je suis complètement cuite... Qui profère des conneries pareilles ?

Moi, quand je suis bourrée.

Je le laisse planté dans le hall et m'éloigne d'une démarche bancale. M'encourageant en silence, je me dirige tout droit vers la salle des fêtes sans un regard en arrière.

Quand je passe les portes battantes, la fête bat toujours son plein. Tante Fran danse debout sur une table près de l'entrée, et un petit groupe s'est attroupé pour admirer sa chorégraphie. En riant, Bear tente de la faire descendre avant que la table branlante ne s'écroule, mais elle le chasse et continue à remuer ses hanches exagérément, se foutant royalement de son équilibre précaire.

— Ça finit toujours comme ça, commente Morgan en me rejoignant. Elle ne tient pas l'alcool.

On regarde sa mère ; je ne peux pas m'empêcher de sourire.

— J'adore ta mère. Fous-lui la paix. Un jour on sera vieux, nous aussi. Et j'espère bien qu'on aura assez d'énergie pour faire ce qu'elle fait.

Je m'approche d'elle alors qu'elle s'accroupit, secouant les fesses comme si elle tournait un clip de rap, se prenant pour une bombe sexuelle.

— C'est trop embarrassant, putain ! grogne Morgan en se cachant les yeux d'une main avant de s'éclipser.

— Les mariés sont priés de venir sur la piste de danse, c'est l'heure ! annonce le DJ, ce qui détourne l'attention de Fran.

Je déteste ce moment dans les mariages. Je trouve ça tellement archaïque de jeter la jarretière et le bouquet. Tous les célibataires du jour se rassemblent, et j'en fais partie. On se met en ligne comme du bétail, exhibant notre carence en amour. Et le pire dans tout ça, c'est que notre volonté désespérée d'être un jour demandé en mariage repose sur l'espoir d'attraper un objet qu'on balancera à la poubelle dès le lendemain.

Les invités accueillent Lucio et Delilah qui arrivent jusqu'à la piste de danse en se tenant la main. Ils sont si heureux, si amoureux… J'en suis presque un peu jalouse. J'ai toujours cru que je serais mariée à l'âge que j'ai. Je n'ai jamais envisagé que Lucio puisse se caser avant moi. Il avait pourtant renoncé à toute relation sérieuse le jour même où il avait découvert les joies du sexe, mais voilà… Aujourd'hui, il se marie.

Dès que Michelle me repère à l'autre bout de la salle, elle se dirige droit sur moi. La meringue à frou-frous que Delilah appelle une robe est beaucoup plus jolie sur Michelle. Sa taille fine et sa poitrine géné-reuse n'ont que faire du millefeuille de volants. Ses cheveux blonds tirés en arrière dans un chignon serré dévoilent la ligne de sa nuque altière, et la finesse des traits de son visage rehausse la perfection de l'ensemble.

— Où étais-tu passée, bon sang ? demande-t-elle en indiquant le couloir.

— Je suis sortie une minute.

Plus je resterai évasive, mieux ce sera. J'ai déjà suffisamment honte d'avoir quitté le mariage de mon frère, ne serait-ce que pour quelques minutes.

Michelle rejette la tête en arrière comme si je l'avais giflée.

— Sortie ?

J'acquiesce en grimaçant. J'ai cru que ma réponse se passerait d'explications. Je n'allais quand même pas dire que j'étais au bord de perdre la tête à cause d'un parfait inconnu avant de recouvrer mes esprits in extremis.

Elle pose ses mains sur ses hanches, et je sais qu'elle va me cuisiner.

— Avec qui ? Où ça ?

— Je suis allée dans l'entrée prendre un peu l'air.

Ce mensonge sort de ma bouche si spontanément que l'espace d'un instant, je crois même aux conneries que je dis.

Elle penche la tête de côté et plisse les yeux.

— C'est qui, ce mec ? demande-t-elle, parce qu'elle n'est pas dupe et qu'elle me connaît presque mieux que moi-même.

C'est comme ça entre nous. On est meilleures amies depuis l'époque où nos vélos avaient encore des petites roues. On était alors inséparables, et on l'est toujours. Ma famille étant majoritairement masculine, elle a été comme une sœur pour moi. Elle connaît tous mes secrets.

— Il n'est pas question de mec.

Je reste fidèle à mon mensonge. Aucune chance que je passe aux aveux.

Elle fait un signe de tête dans ma direction en regardant quelque chose derrière moi.

— Alors lui, c'est qui ?

Elle croise les bras et incline la tête. Vu son attitude, je suis grillée, c'est clair.

Merde.

Je ne veux pas me retourner. Ce serait trop voyant et embarrassant. En plus, étant donnée la façon qu'a Michelle de regarder celui qui est derrière moi, il doit déjà savoir qu'on parle de lui. Pas la peine d'en rajouter.

— À quoi est-ce qu'il ressemble ?

— Grand, brun, beau ; il porte un costard.

Je lève les yeux au ciel.

— Bon Dieu, Michelle… Tu viens de décrire tous les hommes qui sont dans cette salle. Sois plus précise.

— Tu n'as qu'à regarder toi-même ! me dit-elle.

Comme si c'était si simple.

— Il a les yeux de quelle couleur ?

— T'es sérieuse ?

Elle secoue la tête. Je sais bien qu'elle me juge.

— Tu es partie avec plus d'un mec ou quoi ?

— Non, non, ce n'est pas ça !

— Eh bien, prépare-toi, parce qu'il marche droit sur nous, et…

— Daphne…

Les mêmes frissons que tout à l'heure déferlent sur ma peau, et je sais qu'Apollon est derrière moi.

Je tourne la tête et souris.

— Hey ! dis-je avec désinvolture, parce que je n'ai pas envie qu'il sache l'effet qu'il me fait.

Je n'ai pas non plus envie que Michelle imagine qu'on a fait quoi que ce soit, alors que la tragique vérité se résume à la solitude de mon vagin, passé à côté d'une nuit pleine de promesses et de folies !

— Je peux te parler ? demande-t-il sans même regarder Michelle.

— Donne-moi une minute, dis-je à Michelle en posant une main sur son bras, espérant qu'elle ne me fasse pas une scène.

Elle me dévisage un instant avant de regarder l'Apollon par-dessus mon épaule.

— Sa tête me dit quelque chose…

— C'est un ami de Lucio.

Pour être honnête, je n'ai aucune idée de qui il peut bien être, et jusqu'ici, il m'importait peu de le savoir.

— Fais attention, me dit-elle en couvrant ma main de la sienne. Avec ton père dans les parages, des gens vont sortir de l'ombre.

— Mais on est à un mariage, là.

— On n'est nulle part en sécurité quand Santino est dans le coin, me rappelle-t-elle.

C'est la dure réalité liée aux affaires de mon père. Il y a toujours une menace qui plane : quelqu'un qui voudrait nous mettre une balle dans la tête pour faire payer à mon père les conneries qu'il a faites.

— Je ne partirai pas avec lui, je te le promets.

Elle dévisage Apollon un moment avant de s'éloigner vers la piste de danse au moment où Lucio se tient contre la robe de Delilah et fait tout un spectacle de la pêche à la jarretière, prenant son pied au passage.

Je me tourne vers l'homme avec qui j'aurais très bien pu me trouver nue à l'heure qu'il est, si je n'avais pas tout à coup recouvré ma santé mentale.

— Qui es-tu ?

Apollon n'a pas l'air embêté par ma question. Il se tient droit, une main dans la poche de son pantalon et l'autre sur sa hanche, plus sûr de lui que jamais.

— Je suis Leo, répond-il comme si son nom seul devait me mettre au parfum de son identité.

Je ne le touche pas, même si ça me démange. J'aime sa compagnie. J'aime l'effet qu'il me fait dès qu'il me touche, même si je n'en suis pas fière.

— Un ami de Lucio ?

Leo fait non de la tête.

— De Delilah ?

Il répète son mouvement.

— Bon, alors… dis-je en prenant un temps fou pour réfléchir parce que je suis confuse, et que le whisky ne me facilite pas la tâche.

S'il n'est pas un ami de Lucio ou de Delilah, qu'est-ce qu'il peut bien foutre ici ? D'un coup, je me fige. Il est peut-être de ma famille.

Mon Dieu, faites qu'on n'ait pas de lien de parenté !

Croisant les doigts pour qu'il fasse encore non de la tête, j'articule en grimaçant :

— Un cousin ?

Leo secoue la tête à nouveau, écartant la possibilité que j'aie pu être prête à coucher avec un type de ma propre famille.

Merci, putain !

— Je connais ton père, m'annonce-t-il, comme s'il n'y avait pas le moindre problème à ça.

C'est un cauchemar.

J'ai envie de me donner des claques… beaucoup de claques. De tous les hommes présents au mariage, il a fallu que je sois à deux doigts de baiser avec une des fréquentations de mon père. Un truand et un ancien taulard.

Youpi !

Je mérite la médaille d'or, là.

À bien le regarder, Leo correspond parfaitement au portrait qu'Hollywood fait toujours du beau voyou, charmant et irrésistible.

— Mon père t'a invité ?

Avant qu'il débarque ce soir, je ne savais même pas que mon père était sorti de prison. Mais apparemment, d'autres personnes étaient au courant, dont Leo.

— Pas exactement, répond Leo en restant évasif.

Je croise les bras sur ma poitrine, incapable de détacher mes yeux de ce type terriblement sexy. Et quand je dis terriblement sexy, je veux dire au-delà de toute attente, au point de faire mouiller les culottes et me donner envie de le chevaucher jusqu'à en crever.

— Tu es un ami de mon père et tu as eu l'intention de coucher avec moi ? C'est dégueulasse.

Leo a un sourire en coin.

— Je n'ai jamais dit que j'étais son ami.

En cet instant, je suis confuse et trop saoule pour former des pensées rationnelles. Mais je n'ai pas le temps de poser d'autres questions, parce que Johnny, l'ami et l'associé de mon père, se dirige droit sur nous.

Il n'a pas l'air content. Mais bon, sourire n'est pas dans ses habitudes.

— Attention, lui dis-je parce que si Leo n'est pas un ami de mon père, Johnny ne vient pas lui dire bonjour.

Leo se retourne et, dès qu'il aperçoit Johnny, son petit sourire prétentieux s'évanouit.

— Je ferais mieux d'y aller.

Mais avant qu'il ait pu bouger, Johnny est là, si près qu'ils sont presque nez à nez.

— Je ne vais pas faire d'esclandre parce qu'on est à un mariage, dit Johnny en écumant de rage, le regard planté dans celui de Leo.

Oh merde. Ça craint.

Leo n'a pas l'air décontenancé par l'attitude de Johnny qui serre les dents comme un chien prêt à l'attaque.

— J'étais sur le départ, dit-il.

— T'as du culot de te pointer ici, gamin.

Johnny passe ses doigts dans ses cheveux gris, les lissant sur le côté de sa tête.

Leo redresse ses épaules sans se laisser impressionner.

— Je voulais le voir de mes propres yeux.

Il n'a pas peur de Johnny, c'est évident.

— N'approche pas de la famille de Tino, lui dit Johnny, et quand il fait glisser son regard vers moi, il est clair que me voir parler avec Leo ne lui plaît pas du tout.

Il va peut-être me rebattre les oreilles, mais à ma décharge, ça n'a jamais été évident de savoir qui est qui dans la pègre de Chicago.

— Et encore moins de sa fille. Territoire défendu.

Je n'aime pas l'entendre parler de moi comme ça. Je n'ai rien à voir avec les affaires de mon père ; il a arrêté de se mêler des miennes quand il a disparu en taule pendant toutes mes années collège. Ce qui n'a jamais empêché Johnny d'essayer de faire la loi dans ma vie.

— Johnny, je ne suis plus une enfant. Je peux décider moi-même, lui dis-je pour dénoncer sa façon de faire, une main sur la hanche.

Son regard s'assombrit immédiatement. Je vois bien qu'il n'est pas de cet avis.

— Tu as envie de mourir, Daphne ?

— Et qui est censé m'éliminer ?

Mon regard glisse vers Leo l'Apollon.

— Leo ?

Je ris nerveusement. Leo s'est comporté en parfait

gentleman. Enfin, si on met de côté le fait qu'il ait voulu m'emmener dans sa chambre il n'y a pas si longtemps pour me baiser jusqu'à plus soif.

— Tu sais qui est Mario Conti, n'est-ce pas ?

Il serait difficile de l'ignorer. Il était autrefois l'ami de mon père, jusqu'au jour où il a quitté le clan pour en former un autre. Depuis lors, ils sont ennemis mortels.

— Hum, oui, Johnny. Je connais bien ce nom.

Johnny montre Leo d'un signe de tête.

— C'est son fils.

Je regarde Leo, bouche bée. Je me demande s'il avait vraiment l'intention de me descendre dès qu'on se serait retrouvés seuls. Cette idée ne me paraît plus aussi stupide et farfelue que tout à l'heure. Y avait-il un contrat sur ma tête ? Mon Dieu, le doute me provoque des frissons.

— Est-ce que tu allais…

Ma voix se casse. Je n'arrive même pas à prononcer les mots, ils sont terrifiants.

Leo secoue la tête.

— Je n'avais qu'une seule chose en tête.

— Fous le camp, ordonne Johnny en indiquant la porte. Tu as trente secondes pour te barrer, avant que je te jette dehors par la peau du cul. Mariage ou pas, tu serviras d'exemple.

— Johnny…

J'attire son attention en touchant son bras. Je veux parler à Leo sans le sbire de mon père.

— Donne-nous une minute avant qu'il s'en aille. Ne fais pas une scène au mariage de mon frère, je t'en prie.

Johnny reste immobile et me fixe un moment du regard sans dire un mot. Je m'attends à ce qu'il s'oppose à ma requête, mais il ne le fait pas.

— Trente secondes, dit-il avant de s'éloigner sans quitter Leo des yeux.

— Je n'en reviens pas.

Colère, rage et douleur m'envahissent.

Comment ai-je pu être aussi stupide ?

— Daphne, écoute…

Les yeux sombres de Leo me pénètrent, mais à présent que je connais son identité, son regard sauvage et sexy me semble malveillant.

— Je n'allais pas te faire de mal.

— Hum…

Je ne suis pas convaincue.

Leo cherche ma main et la prend dans la sienne. La chaleur de sa paume envoie de petites décharges électriques dans mon corps. J'aurais tellement voulu que les choses soient différentes ! Il me regarde comme personne ne m'a jamais regardée. Mais peut-être que ce n'est pas sexuel comme je l'avais imaginé, mais plein de haine dissimulée et de hargne.

Il caresse le dos de ma main en faisant des mouvements lents et réguliers avec son pouce.

— Tu me plais. Tu me plais beaucoup, et c'est dangereux pour nous deux.

Alors ça, c'est la meilleure !

— En cet instant, tu es le seul à être en danger.

Je retire ma main, même si j'aime sa façon de me toucher. Mais il me reste à détacher mes yeux de son visage. Bon sang, Leo est tellement séduisant… Je dis, la mort dans l'âme :

— Va-t'en, Leo. Va-t'en avant de foutre en l'air le mariage de mon frère.

— Accepte de me revoir, implore-t-il.

Je crève d'envie de dire oui, mais j'aperçois Johnny ; il me regarde l'œil mauvais comme s'il allait se jeter sur Leo en se prenant pour Tony Montana.

— Tu ferais mieux de garder tes distances. De toute façon, je ne sors pas avec les truands.

— Je suis un homme d'affaires.

— Bien sûr. Et moi je suis Mère Teresa.

— On n'en restera pas là. Je te retrouverai, promet-il.

Je ne sais pas si ses paroles devraient m'exciter ou me faire flipper à mort.

CHAPITRE 3
DAPHNE

JE CACHE mon visage sous le drap en essayant d'échapper aux rayons de soleil qui s'infiltrent insidieusement entre les rideaux. J'ai mal à la tête. Quand j'essaie d'avaler ma salive, ma langue reste collée à mon palais. Hélas, j'aurai beau me laver les dents encore et encore, j'ai bien peur d'avoir du mal à venir à bout du goût que j'ai dans la bouche.

J'ai vraiment trop bu hier soir. C'est de la faute de Morgan ; après le départ de Leo, il n'a pas arrêté de me servir à boire. Et c'est aussi à cause de Fran, qui a ouvert le bal avec ses bouteilles de whisky, sabotant tous mes plans de sobriété.

— Tu es réveillée ? demande une voix profonde et rocailleuse à mes côtés.

Je me fige, les yeux écarquillés.

Qui est avec moi dans le lit, putain ?

Je sais que j'étais complètement cuite, mais je ne pensais pas avoir bu au point de pouvoir ramener quelqu'un dans ma chambre d'hôtel et de ne pas m'en souvenir. Pourtant, à l'évidence, c'est exactement ce que j'ai fait.

Je reste allongée sans bouger, en essayant de me remémorer la fin de soirée. Je me revois à la réception, riant avec mes cousins. Mais, la vie de ma mère, je ne me souviens pas d'avoir quitté le hall, pris l'ascenseur ou regagné ma chambre.

Merde.

Ça craint.

Ça craint vraiment.

Je ferme les yeux de toutes mes forces et prie en silence. J'espère vraiment ne pas avoir couché avec un des potes de mes frères. Dans tous les cas, je vis la situation la plus stupide de toute ma vie.

Ou peut-être la deuxième situation la plus stupide, parce que celle avec Tommy Pasquale sous les gradins du stade de foot arrive probablement en tête. Mais je me suis appliquée à refouler ce souvenir depuis longtemps, et il est hors de question que j'en souffle un mot à qui que ce soit jusqu'à la fin de mes jours.

Peut-être que le type à côté s'est évanoui tout comme moi et qu'on ne se souvient ni l'un ni l'autre de ce qu'il s'est passé hier soir. Ça serait le meilleur scénario possible, au point où on en est. Je peux toujours espérer. Peut-être qu'il était trop bourré pour pouvoir bander, ou qu'en parfait gentleman il sera resté habillé et aura dormi sur les draps.

Une main glisse le long de ma cuisse nue, anéantissant tous mes espoirs. Il n'y a plus le moindre doute.

— Mon Dieu, je vous en supplie…

Le Tout-Puissant m'est rarement venu en aide, mais je n'ai jamais eu autant besoin de lui.

Le lit se creuse sous le poids de l'inconnu quand il s'approche de moi. Au moment où je sens sa peau nue toucher la mienne, je sais que mes prières n'ont clairement pas été entendues. Et à la façon dont sa gaule du matin se plante dans ma cuisse, je peux même en déduire qu'on a baisé.

— Bonjour *bella*, dit-il.

Oh merde. C'est pas vrai ! Je ferme les yeux à nouveau et de brèves images de moi quittant l'hôtel me reviennent et me frappent au visage. J'ai l'impression que mon crâne va exploser.

Tout mon corps se raidit. Leo est nu. Je suis nue. Son membre est contre moi et je ne me souviens d'absolument rien.

C'est génial.

— Est-ce qu'on a…

Mais je me ravise et ne lui laisse pas le temps de répondre. Je ne me soucie même pas d'être nue ; je roule au bord du lit, me lève et cours vers la salle de bain, prête à dégueuler dans les toilettes tout ce qui peut encore se trouver dans mon estomac.

Penchée au-dessus de la cuvette, je suis prise de haut-le-cœur. Je m'attends à vomir, mais rien ne vient. J'ai complètement déconné en couchant avec ce mec. Rien que d'y penser, j'ai la poitrine qui se soulève et les larmes aux yeux.

Quelle putain de connerie.

Après avoir grandi au milieu d'hommes tout droit sortis de la série *Les Soprano*, je m'étais juré de ne jamais sortir avec un type mouillé dans les *affaires* de la famille.

Mon père a défoncé l'image hollywoodienne du milieu. J'ai toujours su que son style de vie n'était pas aussi glamour que certains pouvaient le croire. En plus de ça, je sais bien à quel point les gangsters sont dangereux. Mais pourquoi a-t-il fallu que de tous les types de Chicago, je couche avec le fils de l'ennemi de mon père ?

Je m'effondre en larmes en prenant de plein fouet toute l'ineptie de la situation.

— Ça va, là-dedans ? demande Leo de l'autre côté de la porte.

Je me mets à rire, je ne peux pas m'en empêcher. Mes larmes tombent sur la cuvette et ma honte résonne dans leur éclat.

La poignée de la porte remue légèrement.

— J'entre.

Je crie *non* et mords ma lèvre pour essayer de stopper le fou rire qui m'assaille.

— Ça va aller. Va-t'en.

— Non, *bella*. Pas avant d'être sûr que tu vas bien.

— Je vais bien. Super bien, putain.

Mon rire s'intensifie. Je glisse et tombe en arrière. Mon dos percute la baignoire et le choc entaille ma peau. Je pousse un hurlement d'animal blessé.

Leo ne prend pas la peine de me demander une fois de plus si je vais bien ; il déboule dans la salle de bain, nu dans toute sa splendeur.

Alors ça !

Mon rire s'évanouit. Je regarde son corps. Mon visage est couvert de larmes, à la fois de peine et de honte, et je suis nue comme un vers.

Je suis dégoûtée et dans un sale état, mais bon sang… Quel homme !

Des cuisses épaisses, musclées, des tablettes de chocolat avec une ligne parfaite de poils qui descend jusqu'à un grand sexe massif, des pecs extraordinairement sexy… Ce type est sacrément bien bâti. Et puis il y a ce visage, avec ses yeux sombres, ses lèvres pleines, sa barbe de trois jours… Il a les cheveux ébouriffés, mais ça ajoute à son charme.

Bordel de merde, pourquoi faut-il qu'il soit si parfait ?

— Bon Dieu !

Bien que je ne lui aie rien demandé, Leo me soulève dans ses bras.

Je suis prête à le repousser, mais mon dos me fait

mal, et puis j'ai une telle gueule de bois que je ne suis pas sûre de pouvoir regagner mon lit toute seule.

— Tu es blessée ?

Je ne réponds pas.

La chaleur de sa peau contre moi me fait un effet de dingue et m'embrouille complètement le cerveau. Je n'ai jamais été comme ça auparavant. Aucun mec ne m'a impressionnée au point de me rendre muette. Si je suis devenue comme ça, c'est à cause de Leo Conti.

Il me pose assise au bord du lit et entreprend d'inspecter mon corps à la recherche d'éventuelles blessures. Sa main glisse sur ma peau tandis que je suis face à face avec sa queue. Je ne dis pas seulement que je n'en suis pas loin. Pour être exacte, si je tire la langue, je saurai quel goût elle a.

Et ce n'est pas comme si je pouvais regarder ailleurs.

Il a beau être l'ennemi de mon père, ça ne m'empêche pas d'apprécier son corps démesurément sexy et son sexe purement parfait. C'est de loin le plus gros merdier de ma vie.

— Je vais bien, Leo, dis-je en cachant mon visage de menteuse dans mes mains, empêtrée dans l'embarras. Tu devrais t'en aller.

Si seulement je pouvais revenir en arrière ! J'essaie de le regarder dans les yeux plutôt que d'admirer sa verge.

Si un membre de ma famille trouve Leo dans ma chambre, on est cuits.

Il recule et son sexe tangue comme pour me narguer. Il pose les mains sur ses hanches.

— C'est ma chambre. Où veux-tu que j'aille ?

Putain de moi.

— Pourquoi est-ce que ça m'arrive à moi ? dis-je en grognant, faisant traîner mes doigts sur mon visage.

Leo s'agenouille devant moi et repousse mes mains.

— Tu ne te souviens de rien, pas vrai ?

Je réponds rapidement, sur la défensive :

— Je me souviens très bien.

Je ne veux pas être *cette* fille-là.

Vous savez... Le genre de fille que je suis indéniablement.

Les commissures de ses lèvres remontent.

— Alors, dis-moi dans quelle position on l'a fait.

Je ris et grimace en même temps, parce qu'il y a un petit monstre dans ma tête qui fait du marteau-piqueur, gravant sans doute le mot whisky dans mon crâne comme un pense-bête.

— Arrête ; c'est trop facile, dis-je d'un ton moqueur.

Il hausse un sourcil.

— Alors, dis-le-moi...

J'énumère mentalement toutes les possibilités aussi vite que possible. Vu que j'étais bourrée comme une huître, il y a peu de chances que j'aie pu être au-dessus ; je pouvais à peine marcher, non mais allô !

Leo n'a pas l'air du genre à pratiquer la position du missionnaire, donc cette option va direct à la poubelle.

Deux d'écartées, sur quelques centaines de possibilités.

Je m'exclame :

— En levrette !

Je suis presque sûre que ce type est un obsédé du cul. Si je devais imaginer un portrait-robot des hommes qui kiffent les fesses, je dessinerais Leo.

Le petit rictus qu'il arborait se change en grand sourire et il secoue la tête.

— Contre le mur, dis-je en faisant une autre tentative.

Quand Leo secoue la tête à nouveau, je capitule : il n'y a aucune chance que je puisse continuer à prétendre me souvenir de la moindre seconde de notre nuit.

— Très bien. Je ne m'en souviens pas.

J'ai l'impression d'être une pute. Je ferais mieux de courir jusqu'à l'église la plus proche et me précipiter dans un confessionnal pour implorer le pardon.

— Tu es mignonne, dit-il en prenant mon visage dans la paume immense de sa main. Je ne pensais pas que tu étais saoule à ce point, sinon…

Je détourne les yeux, essayant d'éviter son regard sombre et pénétrant.

— Voilà qu'il a une morale, dis-je avant qu'il ait pu finir sa phrase.

— Hey, répond-il en plantant ses yeux dans les

miens. J'ai toujours de la morale, surtout quand il s'agit des femmes.

Tout à coup, ma nudité me saute aux yeux. J'étais tellement absorbée par son corps nu... J'ai complètement oublié que je ne portais pas le moindre vêtement. Je n'ai même pas pris la peine de me couvrir avec un tissu quelconque.

— Merde !

Je repousse sa main et m'empresse de me lever en tirant le drap du lit. Je m'enroule dedans et parcours la chambre des yeux, cherchant la monstruosité que je portais hier soir.

— Où est ma robe ?

Il m'indique la porte d'un mouvement de tête.

— Dans le salon.

Le salon ?

— Tu as une suite ?

Il secoue la tête, et son petit sourire sensuel et sexy à se damner est de retour sur son visage.

— On est chez moi.

— Il faut que je parte !

Je me précipite vers la porte. Il faut que je me barre d'ici à tout prix !

Leo m'attrape par le bras et me ramène vers lui.

— Tu ne veux pas quelques souvenirs à emporter ?

Il sourit d'un air complaisant.

Je regarde sa main accrochée à mon bras et grince entre mes dents :

— Tu tiens à tes couilles ?

Je hausse un sourcil et lève les yeux vers lui.

— Sacré tempérament. Ça me plaît, me dit-il, taquin, avant de relâcher mon bras. Tigresse du début à la fin.

Je vois bien qu'il se délecte de ma situation désastreuse.

Je ne prends même pas le temps de lui demander ce qu'il entend par là. Je suis sens dessus dessous.

— Fais comme si je n'existais pas.

Je me précipite hors de sa chambre. Il faut que je trouve ma robe et que je me barre de chez lui.

Leo se tient contre le mur du salon tandis que je ramasse ma robe par terre.

Je lâche le drap qui m'enveloppait et me retrouve toute nue. Il m'a déjà vue comme ça, de toute façon.

— Rince-toi l'œil une dernière fois.

Je passe ma tête dans la robe.

Leo reste planté là, les bras croisés, terriblement séduisant, et son sexe remue devant le spectacle.

Je précise :

— C'est la dernière fois que tu me vois.

— *Bella…*

Il me rejoint en trois rapides enjambées et m'amène à lui faire face en prenant mon menton entre ses doigts.

— Tu as fait des promesses, hier soir.

Je le dévisage en battant des paupières irrépressiblement, complètement perdue.

— Quoi ?

Que peut-il bien entendre par là ?

— J'étais ivre morte. Tu ne peux pas me tenir responsable de ce que j'ai pu dire ou faire.

Ses doigts glissent le long de ma mâchoire et son pouce vient se caler derrière mon oreille.

— On ne va pas en rester là. Jamais de la vie, me répond-il comme si c'était une évidence et que, d'une manière ou d'une autre, j'étais censée partager son avis.

Mes yeux sont plongés dans les siens. Je n'arrive pas à détourner le regard, c'est plus fort que moi.

— On ne peut pas refaire ça, Leo.

— On ne le refera pas. La prochaine fois, tu seras sobre et tu me supplieras de te caresser.

À ces mots, des papillons se mettent à batifoler partout dans mon ventre, à moins que ce ne soit l'alcool qui clapote toujours dans mon estomac, attendant le bon moment pour me rappeler à quel point j'ai merdé. Je ravale tout le désir sexuel que cet homme m'inspire et lève le menton, provocatrice.

Il se penche en avant comme s'il allait m'embrasser. Je retiens mon souffle, souhaitant à la fois qu'il le fasse et ne le fasse pas.

Je m'écarte de lui et marche rapidement vers la porte. Je le regarde par-dessus mon épaule et lui lance :

— Oublie-moi.

— On se reverra, *bella*, me répond-il avant que la porte se referme.

CHAPITRE 4
DAPHNE

AU MOMENT où j'essaie de rassembler mes esprits et de me rendre à peu près présentable avant d'aller au bar pour déjeuner en famille, Michelle m'appelle.

— Putain, où est-ce que tu as disparu cette nuit ? demande-t-elle, toujours à fourrer son nez partout.

— Je ne me sentais pas bien, alors je suis allée me coucher tôt.

— J'ai toqué à la porte de ta chambre d'hôtel, ce matin, mais tu ne m'as pas répondu.

Elle me tend des pièges, mais je ne tombe pas dedans.

— J'étais dans les vapes, je ne t'ai pas entendue.

— Je t'y rejoins maintenant, d'accord ?

— Non !

Je réponds plus fort que j'aurais voulu le faire. Je sais que je dois protéger mes arrières, sans faute.

— Je suis déjà partie. Je voulais prendre une douche à la maison avant d'aller au bar.

Il y a un silence, et je sais qu'elle va m'accuser de dire des conneries.

— Hum, grogne-t-elle. J'aurais pourtant juré t'avoir vue partir avec le type d'hier soir.

Je laisse tomber ma tête en avant. J'aurais préféré qu'elle le dise d'entrée de jeu.

— Tu n'es qu'une salope.

À l'autre bout du fil, elle se marre.

— J'étais curieuse de voir quel bobard absurde t'allais inventer.

— J'étais tellement torchée… Pourquoi tu m'as laissée partir avec lui ?

— J'ai essayé de t'en empêcher. Je t'ai appelée, mais à part lui, plus rien ni personne ne semblait exister.

— Quel putain de désastre.

— Écoute, on a tous connu ça. C'est fini, maintenant. Passe à autre chose.

— Michelle, il y a comme un problème…

Je me regarde dans le miroir et prends la même expression que ma mère quand elle était déçue de mon comportement.

— Tu sais qui c'est, non ?

— Le type sexy ? demande-t-elle avant de marquer une pause. Non.

— Leo Conti.

Elle pousse un cri de surprise.

— Arrête tes conneries !

— Je te le jure.

— Ne me mens pas, bordel !

— C'est la vérité, dis-je dans un grognement. Bon Dieu, j'aimerais être en train de mentir.

— Tu as vraiment baisé le gosse de Mario Conti ?

Je murmure « oui » en rangeant mon crayon de maquillage dans le tiroir, avant d'ajouter :

— Mais il n'a rien d'un gosse.

Je n'arrive pas à me concentrer, et quoi que je fasse, je ressemble aux filles de ces tutos sur internet qui servent de modèles pour montrer *Comment ne pas appliquer son maquillage*.

— Tu sais que c'est un plan foireux, pas vrai ?

— Je n'ai pas l'intention de mettre les pieds dans le monde de mon père. J'avais trop bu. C'est ma seule excuse.

— Daphne… dit-elle, et je l'imagine secouant la tête en jaugeant l'étendue de ma stupidité. Ne t'approche plus de cet homme. Son père et ton père…

— Je sais, je sais. Je ne compte pas le revoir.

— C'était un bon coup, au moins ?

Je grimace en répondant :

— Je ne sais pas. Je ne me souviens de rien.

— Ça, c'est dommage, répond Michelle en riant. Il peut y avoir certaines répercussions, et ça aurait été sympa d'avoir au moins quelques bons souvenirs auxquels se raccrocher.

— Tais-toi. Il est celui avec qui j'ai commis une erreur épique et il a dit être un homme d'affaires, c'est tout ce que je sais de lui.

— Est-ce qu'au moins il avait un corps de rêve, sous son costume ?

— Le plus beau que j'aie jamais vu, dis-je en toute honnêteté.

— Plus beau que celui de Tommy Pasquale ?

Cette histoire me suit partout.

— Plus beau que ceux de tous les mâles de la planète, ma chère.

— Grosse queue ?

— Parfaite. Longue et large.

— Putain. Les meilleurs coups sont soit déjà pris, soit indisponibles ou interdits. C'est la galère, par ici, je te jure.

— Que Dieu entende ta prière…

J'enfile mes sandales. J'aimerais tellement que ma mère ait annulé le repas du dimanche, mais ce n'est pas son genre.

— Je dois me dépêcher. On se voit ce soir au boulot, d'accord ?

— Je vais faire quelques recherches, en attendant.

— Non ! Ne fais pas ça. Ne demande rien à personne, à propos de lui. Je ne veux pas qu'on fasse le lien entre lui et moi, même dans une conversation banale.

Mais je sais bien que, quoi que je dise, Michelle va

aller fouiner en zone interdite. C'est comme ça entre nous, et c'est pour ça qu'elle est ma meilleure amie : elle couvre toujours mes arrières. Toujours. Même si je fais la conne, elle n'abandonne pas le navire.

— Je serai discrète, promet-elle avant de raccrocher.

Je ne sais même pas si elle connaît la définition de ce mot.

Une heure plus tard, je suis au bar. Mon père se tient au milieu de la salle et tapote son verre de vin avec sa fourchette pour demander l'attention de tous.

C'est un repas dominical tout à fait normal, si ce n'est que ma mère a décidé d'y convier tous les invités venus de loin pour célébrer une dernière fois le mariage avant la fin du week-end. Heureusement, elle s'est gardée de cuisiner ; elle a eu la bonne idée de commander le repas chez Dino, en bas de la rue.

— Tout d'abord, je veux remercier chacun d'entre vous d'être venu fêter ce mariage avec nous. On est plus que ravis d'accueillir Delilah dans notre famille.

Mon père marque une pause et regarde ma mère qui a le sourire jusqu'aux oreilles.

— Ensuite, les années passant, Betty et moi mesurons à quel point la famille est importante, et nous voulions que vous soyez les premiers informés : nous avons officiellement décidé de nous passer la bague au doigt.

— Non mais je rêve, dis-je à mi-voix, ce qui me vaut un coup de pied d'Angelo sous la table.

— Sérieusement, Angelo…

Je le dévisage les bras croisés, ennuyée au plus haut point.

— Pourquoi maintenant ? Tu ne peux pas valider ça.

Ça fait plus de trente ans que mes parents sont ensemble et jusqu'ici, ils n'avaient pas parlé sérieusement de mariage une seule fois. Ça n'a pas de sens. Pourquoi ne l'ont-ils pas fait il y a des décennies, quand ils ont décidé de fonder une famille, au lieu de faire ça maintenant qu'on est tous adultes ?

— Ça a du sens, au contraire. Ils vieillissent, Daph.

Je ne suis pas du tout convaincue par l'argument d'Angelo. Je sais que le temps passe, mais je ne peux pas envisager que mes parents vieillissent. Même s'ils ont pu parfois me rendre dingue, je ne peux pas imaginer ma vie sans eux.

— J'ai besoin de prendre l'air.

Je sors de table sans faire de bruit et me retire discrètement dans la ruelle de derrière. Je suis adossée au mur, occupée à faire défiler toutes les vidéos humoristiques que j'ai ratées sur les réseaux sociaux, quand mon père sort à son tour.

Pendant une minute, on se dévisage en silence.

Les derniers mots que je lui ai dits la dernière fois qu'il s'est fait embarquer les menottes aux poignets n'étaient pas des plus tendres.

À ma décharge, j'étais en colère.

Quelle fille ne l'aurait pas été, en voyant son père se

faire coffrer pour des années à cause de choix faits en toute connaissance de cause ?

Mon père passe sa main dans ses cheveux poivre et sel et fixe le sol en tapant du pied dans des petits cailloux.

— Hey, ma puce. Ça va ?

— Ça va.

Je range mon téléphone dans ma poche arrière et tente d'être cordiale. Je demande :

— Pourquoi est-ce que tu n'es pas à l'intérieur avec tes invités ?

Il lève enfin les yeux vers moi.

— Je venais voir si tu allais bien. Je t'ai vue te précipiter dehors, dit-il en désignant la porte d'un mouvement de tête.

— J'avais juste besoin de prendre un peu l'air.

— Tu veux que je te laisse ?

— Non, dis-je précipitamment.

— Toujours fâchée, après toutes ces années ? demande-t-il.

Je réponds avec honnêteté :

— Je ne sais pas trop, papa.

D'un côté, je suis contente qu'il aille bien et qu'il soit à nouveau sous le même toit que ma mère. Mais d'un autre, je sais qu'il ne va pas tarder à se remettre dans des embrouilles qui le renverront peut-être en prison. À chaque sortie, il semble rester libre un peu plus longtemps avant de retomber, ce qui n'est facile pour personne, et encore moins pour ma mère.

— Vous vous êtes tous très bien débrouillés avec le bar, me dit-il pour changer de sujet.

— On a travaillé dur.

Il vient se placer devant moi. C'est la première fois que je peux le regarder vraiment. Le soleil brille au-dessus de lui.

Mes frères ont hérité de la beauté de mon père. La peau mate, le regard perçant et les traits caractéristiques des Gallo. L'ADN de mon père est décidément plus fort que celui de ma mère. Dire que j'aurais pu avoir les cheveux roux et une peau d'ivoire, plutôt que de ressembler en tout point à l'archétype des princesses italiennes.

— N'oublie pas de profiter de la vie un petit peu. Elle passe si vite. Un jour tu es jeune, tu crois pouvoir gouverner le monde, et le lendemain... Bam ! dit-il en frappant ses mains l'une contre l'autre, ce qui me fait sursauter. Tu te retrouves à prier pour vivre un seul jour de plus.

Je ne l'avais jamais vu comme ça. Il a toujours pris la vie à bras-le-corps, se foutant complètement des conséquences. Il n'avait jamais abordé le sujet de la vieillesse, mais peut-être que cinq ans derrière les barreaux avec rien d'autre à faire qu'à penser ont cet effet-là sur les gens.

— Et toi, papa ? As-tu encore cinq ans de ta vie à donner à l'univers carcéral ?

Mon père tend les bras et vient poser ses mains sur mes épaules, comme il le faisait quand j'étais petite.

— Le temps est trop précieux, Daphne. Je ne veux plus passer un seul moment loin de ma famille.

— Mais ?

Je suis sûre qu'il cache un truc derrière ces mots. Il fait toujours ça : il tourne autour du pot, sans jamais dire ce qu'il pense vraiment.

— Il n'y a pas de mais.

Il y a toujours un mais, avec Santino Gallo.

— Tu abandonnes les affaires ? Tu vas marcher droit ?

La petite fossette sur sa joue droite se creuse.

— Quelque chose comme ça, ma fille.

— Ou tu le fais, ou tu ne le fais pas, lui dis-je sans détour, parce que sa déclaration ne va pas me faire sauter au plafond.

— J'ai appris deux trois trucs, en prison.

C'est exactement ce que je craignais. Passer cinq ans au milieu de criminels doit forcément permettre de parfaire un peu plus ses compétences. Je suis sûre qu'il a encore appris certaines ficelles du métier ; mais il ne doit pas oublier que chacun des gars qu'il a rencontrés là-bas n'a pas été suffisamment malin pour éviter de se faire coffrer.

— J'ai promis à ta mère de ne pas y retourner, me

dit-il sans me regarder dans les yeux. Je vais rester sur le droit chemin. M'améliorer.

Je pèse mes mots quand je réponds :

— Je l'espère vraiment.

Avoir mon père dans les parages est ce que je désire le plus au monde. Ne serait-ce que pour ma mère.

Qu'elle soit seule m'inquiète.

Les cinq dernières années ont été difficiles pour elle. Elle a trouvé des occupations pour passer le temps, mais les gens peuvent trouver bien des astuces avant de craquer complètement.

J'attends qu'il me relâche, mais il n'en fait rien. Il me regarde avant de m'attirer contre lui et de me chuchoter à l'oreille :

— Tu m'as manqué, ma puce.

J'ai l'impression d'être une enfant à nouveau. L'espace d'un instant, j'ai de l'espoir. Je me dis qu'il a peut-être fini par gagner en maturité ; mais ensuite je me souviens qu'il est rarement sincère, et puis sortir du milieu est difficile, surtout pour un vieux cheval comme lui.

— Tu m'as manqué aussi, lui dis-je.

C'est vrai qu'il m'a manqué. Même s'il complique toujours les choses avec ses folies, le bar et les repas du dimanche n'ont plus jamais été les mêmes sans lui.

— Viens faire la fête avec nous, me dit-il en me serrant toujours dans ses bras.

Je demande, sans curiosité malsaine :

— C'est pour quand, le grand jour ?

— Rien ne presse.

Évidemment ; se précipiter serait complètement absurde. Seul mon père serait capable de vouloir se dépêcher en prétextant que le plus tôt serait le mieux. C'est le couple qui aura fait la plus longue parade de séduction de la planète !

— Ça ne fait que trente ans que ça dure, papa.

Je secoue la tête et me mets à rire.

— Qu'est-ce que tu as sur le cou ? demande-t-il.

Il se penche vers moi et repousse une mèche de cheveux derrière mon épaule.

— Je ne sais pas. Qu'est-ce que c'est ?

Je tourne la tête pour qu'il puisse mieux voir.

— On dirait un suçon.

Il se rapproche, m'inspectant comme il le faisait quand je revenais d'un rendez-vous.

— *C'est* un suçon.

J'écarquille les yeux.

Fils de…

Je sais très bien qui a fait ça ; comme si on était des collégiens ! Je murmure : « Mon Dieu » et je crève d'envie d'aller trouver Leo illico pour lui mettre mon poing dans la gueule.

— Je ne savais pas que tu fréquentais quelqu'un.

Je regarde par terre, évitant le regard de mon père. Aucune chance que je lui dise la vérité.

— Je ne fréquente personne.

Je cache le suçon avec la paume de ma main en reculant.

— Un certain connard a fait le malin, c'est tout.

— Il s'appelle comment ? demande-t-il en essayant de se montrer paternel après cinq ans d'absence.

— On ferait mieux de rentrer. Je suis sûre que tout le monde nous cherche, dis-je en esquivant le sujet.

Il ne manquerait plus que mon père entende le nom de Leo Conti.

Il péterait sûrement un câble.

CHAPITRE 5
DAPHNE

JE ME RÉVEILLE en sursaut en entendant du bruit dans l'escalier de secours, de l'autre côté de ma fenêtre ouverte. Je n'ai pas voulu la fermer hier soir, me croyant bêtement en sécurité ; je me suis contentée de tirer les rideaux. J'aurais dû être plus prudente, mais je ne supportais plus la chaleur dans mon appartement mansardé au deuxième étage.

Je passe la main sous mon oreiller et enroule mes doigts autour du manche en acier froid de mon flingue. Je le garde toujours là, au cas où.

Je roule au sol. J'ai l'impression d'être dans un film d'action, même si j'avoue qu'il me manque l'assurance inébranlable qui rend les actrices si sexy. Mes genoux se plantent dans le bois dur et je serre les dents en m'efforçant de ne pas pleurer. Je rampe vers la fenêtre en apnée, essayant de ne faire aucun bruit.

Je m'accroupis et braque l'arme sur les rideaux, mon doigt sur la gâchette au cas où le visiteur déciderait d'entrer. Peut-être que je réagis de manière excessive, mais je ne veux prendre aucun risque, surtout avec mon père qui court les rues.

Une chaussure en cuir noir montre le bout de son nez à travers les rideaux et je me raidis instantanément.

Je crie : « Plus un geste ! Je suis armée ! » mais ma voix chevrote. Je tiens fermement le flingue devant moi, prête à tirer sur ce crétin sans hésiter s'il avance encore d'un millimètre.

L'individu se fige.

— Ne tire pas ! dit-il rapidement, et le son de sa voix provoque une traînée de frissons sur mon corps.

Je retire mon doigt de la gâchette et soupire bruyamment. J'aurais pu le tuer. Et ce n'est pas une façon de parler ; j'aurais vraiment pu tuer Leo Conti parce qu'il voulait s'introduire chez moi comme un intrus et un putain d'imbécile.

— Qu'est-ce que tu fous là, bordel ?

— Je peux bouger maintenant ? demande Leo, toujours figé, un pied dedans et le reste de son corps caché par les rideaux.

— Oui. Je ne vais pas te tirer dessus… Enfin, pas pour l'instant.

Il écarte les rideaux et passe la tête à l'intérieur de la pièce, avant d'entrer tout entier par la fenêtre. Il porte un costume immaculé. Il est en tout point aussi attirant qu'il l'était samedi soir.

— Qu'est-ce que tu veux ?

Je pointe mon arme sur lui. J'ai beau être chamboulée par sa présence, j'ai bien envie de lui tirer dessus pour m'avoir foutu la trouille de ma vie.

Son regard glisse lentement sur mon corps nu sans en perdre une miette.

— Ceci explique cela.

— Qu'est-ce qui explique quoi ?

Il passe la pulpe de son pouce sur le coin de sa bouche et ce geste le rend encore plus sexy.

— Que tu dormes toujours toute nue.

Un rictus se dessine sur ses lèvres.

Je baisse les yeux sur mon corps. Mon cœur palpite encore et je suis toujours sous adrénaline, alors jusqu'ici, je ne m'étais pas souciée d'être à poil.

Je cale ma main libre sur ma hanche et le regarde de la tête au pied, comme il le fait lui-même.

— T'as envie que je te tire dessus, ou quoi ? dis-je en haussant un sourcil.

Il fait un pas vers moi.

— Mon Dieu, tu es vraiment sexy.

Je recule.

— Ne change pas de sujet.

J'ai tellement envie de lui… Je dois faire tout ce qui est en mon pouvoir pour éviter qu'il me touche.

— Qu'est-ce que tu viens faire ici, putain ?

— Je voulais te parler, dit-il sans cesser d'avancer vers moi.

L'arrière de mes genoux percute le matelas, et je ne peux plus reculer.

— Et que penses-tu de frapper à la porte, comme une personne normale ?

Il couvre mon arme de sa main et retire le métal froid de mon emprise.

— C'est trop dangereux.

— Entrer par la fenêtre n'était pas très prudent non plus.

Je fais un geste vers mon arme qui est maintenant dans sa main sans prêter attention à la proximité de nos corps.

— J'aurais pu te tuer.

Je jure devant Dieu que j'étais à deux doigts de presser la détente. Le bordel qu'aurait engendré sa mort aurait été astronomique. Comment aurais-je pu expliquer la raison pour laquelle Leo Conti était entré par ma fenêtre ?

— Ça aurait été difficile, avec le cran de sécurité.

Je grogne et mes lèvres s'avancent en cul-de-poule.

— J'aurais quand même pu te tirer dessus. Ce n'est pas si difficile de retirer le cran de sécurité.

Ses yeux brillent.

— Je préfère t'affronter toi plutôt qu'eux, répond-il en désignant la fenêtre d'un mouvement de tête.

— Eux ?

Leo se penche en avant et je retiens mon souffle, parce que je crois qu'il va m'embrasser. Même si je sais que c'est une idée catastrophique, mon désir de sentir ses lèvres sur les miennes est bien trop fort ; mon ventre en est tout remué et mon corps frissonne.

Mais au lieu de ça, il dépose le flingue sur le lit derrière moi.

— Il y a beaucoup de gens qui nous surveillent.

Quand il se redresse, le dos de sa main effleure doucement ma cuisse.

Je frémis, tout à coup à bout de souffle, à la fois à cause de son contact et du scoop qu'il vient de lâcher. Je proteste :

— Personne ne me surveille !

Il incline la tête de côté et se tait, mais l'expression qu'il fait veut tout dire.

Je demande, bouche bée :

— Sérieusement ? Mais je n'ai jamais rien remarqué.

— Il y a des gens qui nous observent en permanence, Daphne. Nos pères sont des gens trop importants pour qu'on nous laisse sans protection ni surveillance.

J'ai toujours su que mon père avait des gardes du corps, mais je ne m'étais jamais demandé si nous étions surveillés, mes frères et moi.

— Alors je ferais mieux de m'habiller.

Je commence à bouger mais Leo tend le bras et attrape ma main.

— Ne paniquons pas, me dit-il, le bout de ses doigts brûlants sur ma peau.

C'est lui l'ennemi.

Je me répète ça en boucle tandis qu'il me regarde avec ses yeux de rêve, invitant au péché.

Je baisse la tête et fixe l'endroit où nos corps se touchent. Il faut que je prenne des mesures drastiques.

— Pousse-le de là ou dis-lui adieu.

— Ouh, j'ai peur ! répond-il d'un ton moqueur en faisant glisser son pouce à l'intérieur de mon poignet.

Je ne sais pas à quel genre de femmes il est habitué, mais personnellement, je suis tout sauf faible. J'ai grandi avec trois frères et un père mafieux, alors je n'ai jamais ressemblé à une demoiselle en détresse ou été la victime de qui que ce soit. Je sais me battre comme un homme et peux mettre à terre un mec qui fait deux fois ma taille sans transpirer une seule goutte. Peu importe que je sois nue, je pourrais très bien le foutre par terre.

— Je ne voudrais pas froisser ton joli costume, lui dis-je en jetant un rapide coup d'œil à son costard avant de le regarder droit dans les yeux.

Les commissures de ses lèvres tressautent et il me relâche enfin.

— Je vais te le demander encore une fois : que fais-tu ici, Leo ?

— Je voulais te revoir.

— Eh bien c'est fait. Tu m'as vue… entièrement, une fois de plus. Tu peux partir, maintenant.

Leo plisse les yeux et se rapproche de moi, laissant très peu d'espace entre nous. Je retiens mon souffle. Il lève un bras et, du bout des doigts, repousse dans mon dos quelques mèches de cheveux. Même si mes seins sont tout près de son visage, il ne regarde que mes yeux.

— Nous n'en avons pas fini, me dit-il.

Je le dévisage à mon tour.

— Il n'y a pas de nous, Leo. Il n'y en aura jamais. Ce qui est arrivé est arrivé, n'en parlons plus. Deux personnes saoules ont baisé ensemble. Fin de l'histoire. Rien d'extraordinaire.

Le regard de Leo s'assombrit. Il reprend mon poignet dans sa main, me retenant contre lui. Je sais bien que je devrais le repousser, mais il y a quelque chose dans sa façon de me regarder qui m'empêche de bouger.

— D'abord, je n'étais pas saoul.

— Donc, tu as profité de moi ? D'une meuf bourrée ! Super.

Je sais que ce n'est pas vrai du tout. Il n'a pas profité de moi. Je garantis que j'étais plus que consentante. Mais l'autre version m'arrange, elle me permet de justifier le fait d'avoir couché avec le fils du pire ennemi de mon père.

— *Bella*...

Il passe une main sous mes cheveux et pose sa paume contre ma nuque.

— Il ne s'est rien passé.

Je ne l'écoute même pas. Je suis trop contrariée et principalement en pétard contre moi, pour ne serait-ce qu'écouter ce qu'il dit.

— Putain, il n'y a qu'un mec vicieux pour coucher avec une fille bourrée.

Sa langue sort légèrement de sa bouche et traîne sur sa lèvre inférieure. Je regarde ce mouvement fluide, la bouche entrouverte, impossible de cacher plus longtemps l'effet qu'il me fait.

Il resserre sa prise autour de ma nuque, sous mes cheveux, faisant déferler une vague de frissons dans mon dos.

— Daphne, je vais le dire encore une fois et tu vas m'écouter attentivement.

Je cligne des yeux, décontenancée par son ton autoritaire, et à vrai dire un peu excitée aussi.

— On est allés chez moi pour discuter. On s'est un peu touchés, mais tu étais vraiment fatiguée ; tu t'es déshabillée dans mon salon avant de marcher – ou plutôt de tituber – jusqu'à mon lit où tu t'es effondrée. Il ne s'est rien passé. Je n'ai pas profité de toi.

— Oh.

Je le dévisage, avant de réaliser qu'il m'a menti.

— Attends... Quoi ?

— Je ne suis pas un mec vicieux.

— OK.

Je hoche la tête. Je ne sais pas quoi faire ou dire d'autre. Je me sens complètement conne, mais il faut bien dire que n'importe qui à ma place aurait imaginé la même chose.

— J'ai eu mauvaise conscience de te laisser partir en croyant qu'on avait couché ensemble. J'avais besoin de te parler. Et je veux te proposer une invitation en bonne et due forme.

Avec sa façon de me tenir et de me regarder, il ne m'est pas facile de réfléchir. Je demande :

— Tu quoi ?

Leo est vraiment séduisant.

C'est un mélange d'une star de *GQ magazine* et de Corleone dans *Le Parrain*. Des cheveux foncés, des yeux sombres, une bouche pulpeuse ; il a un corps fait pour le sexe. Il a tout de mon idéal masculin, si ce n'est qu'on ne pourra jamais être ensemble et que son attitude machiste laisse à désirer… la plupart du temps.

— Je ne te demande qu'un seul rencard, après je te laisserai tranquille.

— C'est tout ?

Avoir un rencard avec Leo Conti ne serait pas la chose la plus désagréable au monde. J'ai fait des conneries bien pires avec des hommes bien moins sexy que Leo. Je retire ce que je viens de dire. Ils étaient tous sexy, mais n'étaient pas très futés. Du moins ceux que j'ai fréquentés assez longtemps pour coucher avec eux une fois ou deux avant de les larguer, ce qui était à la fois facile et comique.

— Si tu ne veux plus jamais me revoir après ça, je promets de disparaître de ta vie pour toujours.

— Un rencard, dis-je dans un murmure, des papillons dans le ventre. Mais comment ? Si on est surveillés, ça risque d'être carrément impossible.

— Laisse-moi m'occuper de ça, mon cœur.

Il y a quelques trucs rédhibitoires, avec moi, et les petits noms que certains hommes donnent aux femmes en font partie. Il y en a qui trouvent ça charmant, mais pas moi.

— Mettons les choses au clair. Je ne suis pas ton cœur, ta chérie, ta poupée ni quoi que ce soit. Compris ?

Leo a un sourire en coin.

— Compris, *bella*.

Je m'apprête à l'engueuler, mais avant que je puisse le faire, il se penche en avant. Quand ses lèvres approchent des miennes, mon souffle se coupe. Je le regarde dans les yeux, incapable de respirer, attendant le baiser de sa bouche si douce. J'en ai envie plus que tout au monde.

— Je t'enverrai les détails par texto, dit-il en me relâchant.

Je reste bouche bée, incapable de formuler le moindre mot. Ma peau est encore couverte de frissons à l'idée qu'il m'embrasse, mais il se dirige déjà vers la porte.

Je n'ai jamais été de celles qui sont à court de mots.

Jamais.

Mais me voilà plantée dans ma chambre comme une abrutie, incapable de bouger. Je déteste la façon qu'a Leo Conti de jouer avec mes émotions, et j'enrage de voir à quel point mon corps me trahit dès qu'il est près de moi.

Demain soir, je ne serai pas un pion sur l'échiquier.

— Pourquoi est-ce que tu regardes ton téléphone aussi souvent ? me demande Angelo.

Je lève les yeux. Je ne sais même pas combien de fois j'ai pu revenir au comptoir uniquement pour voir si Leo m'avait envoyé les infos concernant notre rencard.

— Comme ça…

Je souris en espérant qu'il lâche l'affaire.

— Tu ne regardes jamais ton téléphone au boulot, d'habitude, me répond-il en me faisant remarquer ce que je sais déjà, parce qu'il n'est pas dupe. Et ce sourire, ajoute-t-il en pointant son menton vers moi, il est merdique.

— Très bien. Si tu veux tout savoir, j'attends un appel.

— Ça doit être très important.

— Ça ne l'est pas, Betty, lui dis-je d'un ton moqueur.

Quel fouineur, exactement comme notre mère. Angelo est pourtant du genre à s'occuper de ses affaires d'habitude, mais ce soir, il est un peu trop curieux à mon goût.

Il pousse cinq bières devant moi.

— Apporte ça à la table cinq.

Voyant que je ne bouge pas, il ajoute :

— S'il te plaît.

— Seulement parce que tu le demandes gentiment.

Je jette un bref coup d'œil à l'écran vide de mon téléphone avant d'attraper les bières et de me diriger rapidement vers la table cinq.

— On a besoin de ton avis pour un pari, mon ange, me dit un des gars quand je pose les bières sur la table.

Je ne relève pas le petit nom ; et d'un, c'est un client, et de deux, on m'a donné des surnoms pires que ça.

Je place mes mains sur mes hanches et incline la tête.

— Balance, dis-je en acquiesçant rapidement.

— Je peux être trivial ? me demande le type qui est assis le plus près de moi, et je suis sincèrement étonnée qu'il utilise un mot pareil.

— Bien sûr.

— OK, alors... Tu sors avec un mec depuis un mois, et c'est enfin le grand jour où vous allez passer à l'acte.

Tous les types autour de la table gloussent comme

des collégiennes, sauf un, celui dont je suppose que les autres se moquent en posant leur petite question.

— Ça devient chaud, il baisse son froc et là : son pénis est tellement petit qu'on le voit à peine. Qu'est-ce que tu fais ?

J'ai vraiment de la peine pour le type. Je ne sais pas ce qui est pire : avoir le plus petit pénis du monde, ou que tes potes le sachent.

Je réponds :

— Il a intérêt à être sacrément doué avec sa langue.

La tête qu'ils font vaut le détour.

— Donc, tu ne le quitterais pas ? demande un autre gars.

Je secoue la tête.

— Regardez les choses en face, les mecs. Un jour ou l'autre, toutes vos queues seront hors d'usage de toute façon, alors qu'une langue sera toujours opérationnelle.

Ils me regardent la bouche ouverte et je leur adresse un petit sourire narquois.

Je tourne les talons. Je me dirige vers le comptoir quand je suis coupée net dans mon élan : mon téléphone s'est allumé et Angelo regarde l'écran.

Oh non... Merde !

Je me précipite, et la sensation de victoire qui m'emplissait l'instant d'avant disparaît. Je retire mon téléphone du comptoir aussi vite que je peux.

— Alors, dis-moi, qui est *Le Meilleur Que Tu Auras Jamais* ?

Je regarde mon écran et découvre le surnom qu'il a dû s'amuser à écrire dans mes contacts pendant que je dormais… ou que j'étais évanouie.

— C'est juste un ami.

Je fais glisser mon doigt sur l'écran pour ouvrir le message en entier, soulagée qu'Angelo n'ait pu voir que le surnom.

Je suis occupée à écrire une réponse quand Michelle nous rejoint et regarde par-dessus mon épaule.

— À qui écris-tu ? me demande-t-elle, tout aussi indiscrète que mon frère.

— Au meilleur qu'elle n'aura jamais, lui dit Angelo.

Je lui lance un regard noir et le préviens :

— Ne commence pas.

— Daphne, tu plaisantes ? me demande-t-elle, sachant parfaitement de qui il s'agit.

— Tu le connais ? demande Angelo avec une intensité soudaine, en levant un sourcil.

Je me tourne vers Michelle et murmure en plissant les yeux :

— Ferme-la, Michelle.

— Non, répond-elle en souriant à Angelo et en secouant la tête. Je ne le connais pas, pas vraiment.

Je me tiens prête à lui sauter dessus et à l'étrangler de mes mains jusqu'à ce que mort s'ensuive pour réduire à néant la possibilité qu'elle me dénonce. C'est ma meilleure amie ; elle est censée m'épauler, même si je ne fais que de la merde.

— C'est juste un type qu'on a rencontré, ajoute-t-elle en me couvrant et en sauvant sa peau par la même occasion.

Angelo n'en croit pas un mot, mais il n'a pas le temps de contre-attaquer parce qu'une cliente lui fait signe à l'autre bout du bar. C'est une habituée qui ne veut avoir affaire qu'à lui.

Michelle m'arrache mon téléphone des mains.

— Tu délires complètement, merde ! Tu sais à quel point il est dangereux ?

Je lui reprends mon téléphone et le fourre dans ma poche arrière pour éviter d'autres fuites.

— Il ne veut qu'un seul rencard et ensuite il me laissera tranquille.

— Un homme comme Leo ne se contentera pas d'un seul rencard, Daphne.

— Et qu'est-ce que tu en sais ?

— J'ai entendu des choses sur lui, répond-elle avant de hausser un sourcil en serrant les lèvres.

— Quelles choses ?

— Je te mets seulement en garde aujourd'hui : ce n'est pas quelqu'un que tu peux fréquenter.

Elle se tait et passe une main sur sa nuque en jetant des coups d'œil autour de nous pour s'assurer que personne n'écoute.

— Il y a ton père. Et en plus, j'ai entendu dire que Leo aimait toujours garder le contrôle et qu'il pouvait être un parfait connard.

— C'est juste un rencard. Qu'est-ce qui pourrait mal se passer ?

Michelle a l'air exaspérée ; elle lève les yeux au plafond et répond :

— Tout.

CHAPITRE 6
DAPHNE

LE TEXTO de Leo était énigmatique. Il me disait seulement d'être prête à six heures, de porter une robe et des chaussures à talons. Malgré mes nombreuses demandes, il ne m'a donné aucun indice sur notre destination. Tout ce qu'il a daigné me répondre, c'est : « Tu verras » et rien de plus.

Je descends les escaliers. Quand j'ouvre la porte de mon immeuble, je m'attends à voir Leo ; mais il n'est pas là. À la place, il y a un homme dans un costume noir avec des lunettes de soleil qui se tient devant une voiture de luxe garée au bord du trottoir.

— Bonsoir, m'dame, dit-il avec un léger mouvement de tête.

Je regarde autour de moi, supposant que Leo va sortir de quelque part en criant *surprise !*

— Monsieur Conti vous attend à votre destination.

Je demande d'une petite voix :

— Où allons-nous ?

Je ferme la porte de l'immeuble derrière moi en me demandant si je ne marche pas vers l'abattoir.

On veut m'embarquer pour Dieu sait où. C'est peut-être un piège. Tout est possible maintenant que mon père est sorti de prison. Leo pourrait très bien vouloir me kidnapper pour me remettre entre les mains de son père et faire un putain de coup d'État chez les mafieux de Chicago.

— J'ai des ordres stricts. Je ne dois donner aucun détail.

Le chauffeur marche devant moi et je le suis stupidement comme un agneau partant à l'abattage.

— Attendez.

Je m'arrête et sors mon téléphone de mon sac à main. J'envoie un texto à Leo en lui demandant à quoi est-ce qu'il s'attend en m'envoyant chercher par un type bizarre alors que, de base, j'appréhendais déjà d'aller à ce rendez-vous avec lui.

L'homme croise les mains devant lui, l'air peu commode.

Leo : Contente-toi de monter dans la voiture, Daphne.

Facile à dire pour lui.

Il est celui qui sait. Moi, je n'ai pas la moindre idée de ce qu'il se passe et on me demande de faire confiance à un type que je connais à peine.

OK, il est ultra-sexy, mais en dehors de ça, la seule chose que je sais c'est que nos pères se détestent.

Je compose une courte réponse, prenant de profondes respirations afin d'éviter l'hyperventilation.

Moi : Tu pourrais me kidnapper.

Il y a un court moment de pause avant qu'il se remette à écrire.

Leo : J'aurais pu le faire quand tu étais dans les vapes. Monte dans la voiture. C'est une surprise.

Moi : Je déteste les surprises. Elles ne collent pas avec mon style de vie.

Le téléphone du chauffeur se met à sonner. Le type me tourne le dos avant de répondre calmement :

— Bien monsieur. Je comprends.

Je tape du pied, attendant que quelqu'un me donne une information claire, sans quoi je tournerai les talons et annulerai le grand rencard.

— Eh bien, dis-je dès qu'il me fait face à nouveau.

— Monsieur Conti m'a prié de vous dire qu'on allait à l'aéroport. Mais en dehors de ça, il aimerait que ça reste une surprise.

Je m'étrangle à moitié :

— À l'aéroport ?

— M'dame, monsieur Conti a affrété un avion privé pour la soirée. Maintenant, si vous voulez bien vous donner la peine, ajoute-t-il en se dirigeant vers la voiture. Je n'aime pas le faire attendre.

— Je veux bien le croire.

Je dépasse ce chauffeur guindé et marche vers la voiture.

Il se précipite devant moi et se jette sur la poignée avant que je ne puisse ouvrir la porte arrière.

— M'dame, dit-il après s'être redressé, ayant l'air encore plus raide qu'avant.

Je me glisse sur la banquette arrière et découvre l'élégance d'un intérieur en cuir noir. Je suis impressionnée par tout le mal que Leo se donne pour notre rendez-vous.

Le chauffeur prend place et démarre sans dire un mot. Quand la voiture s'éloigne du trottoir, je regarde par la fenêtre teintée en me demandant si je serai de retour à la maison un jour. Il faut que je dise à quelqu'un où je vais, au cas où.

Moi : Leo m'emmène faire un tour en avion. En jet privé. Si je ne reviens pas, c'est qu'il l'aura fait !

Michelle, quand elle apprendra que je suis partie pour une destination inconnue, je vais l'entendre ! Déjà qu'elle était contrariée par mon rencard avec Leo… Maintenant que je vais m'envoler Dieu sait où, elle va s'arracher les cheveux.

Alors au lieu de lire ses messages me reprochant de me conduire comme une idiote, je fourre mon téléphone dans mon sac et profite de la vue depuis cet espace confiné à l'arrière de la berline de luxe.

Quand on se gare à l'aéroport à la périphérie de la ville, mes mains tremblent presque. Le soleil se couche derrière les arbres, dessinant dans le ciel une peinture de maître aux nuances jaune vif et orange lumineux. Leo se tient au pied d'un escalier, plus beau que jamais dans un autre costume hors de prix. Il ne sourit pas jusqu'à ce que le chauffeur ouvre la portière et que je mette un pied dehors.

— Tu es venue, dit-il en marchant à ma rencontre. Tu as décidé que je n'allais pas t'enlever pour une rançon ou te tuer ?

Je ris nerveusement. Je me sens ridicule.

— Je te fais confiance, Leo.

Je lève la tête et plonge mes yeux dans son regard profond.

— Ne trahis pas cette confiance. Je ne la donne pas facilement.

Leo place ses mains sur le haut de mes bras, et l'étincelle que j'avais déjà ressentie me bouleverse à nouveau.

— Je promets de te ramener avant le lever du jour, en parfait état.

Un état un tantinet imparfait ne serait pas de refus si ça impliquait une partie de jambes en l'air avec Leo en cadeau d'adieu… Mais je me ressaisis en me rappelant que coucher avec lui rendrait les choses encore plus compliquées qu'elles le sont, et je prends une grande décision : je ne coucherai pas avec Leo Conti.

Je place une main à plat sur sa poitrine. Son cœur bat la chamade autant que le mien.

— Il y a un truc qui me chiffonne, dis-je en le regardant droit dans les yeux. Je dois savoir une chose avant de monter dans cet avion avec toi.

— Demande-moi ce que tu veux. Je n'ai rien à cacher, répond-il sans ciller.

Je jette un œil vers le jet qui nous attend et m'éclaircis la gorge.

— Au mariage de mon frère…

Leo hoche la tête, attirant mon attention à nouveau sur lui.

— Que faisais-tu là-bas ? Je sais que tu n'étais pas invité.

Il fait glisser ses mains de haut en bas le long de mes bras, faisant remonter le désir sexuel des profondeurs de mon ventre.

— C'est une longue histoire. Et si on allait s'installer ? Je pourrais tout te raconter une fois à bord. On a une heure devant nous avant d'atterrir.

— Ça ne me convient pas, lui dis-je sans m'écarter pour autant.

Ma tête me dit de m'enfuir en courant mais mon corps ne l'écoute pas.

La paume de Leo descend sur mon bras jusqu'à venir recouvrir ma main toujours posée sur sa poitrine.

— J'étais à l'hôtel et je me suis arrêté en passant. Je n'avais l'intention de parler à personne ni d'être vu. Je te promets de te dire tout ce que tu voudras savoir une fois qu'on sera dans l'avion, parce qu'on va finir par être en retard.

— En retard ?

— Pour le dîner. On a une réservation.

— Où ça ?

Je sais que je complique les choses en essayant de lui tirer les vers du nez, mais bon sang, les surprises, ce n'est pas mon truc. J'en ai eu bien trop dans la vie, surtout en ce qui concerne mon père. J'aime bien savoir à quoi m'attendre avant de me prendre la réalité en pleine poire.

— Nashville, répond-il enfin. Je pense qu'il n'y a aucune chance que les vieux mafieux nous voient là-bas.

— On aurait aussi bien pu aller boire quelques margaritas à Little Village.

Leo secoue la tête en soupirant.

— Ils contrôlent tout Chicago, même le cartel mexicain.

J'ouvre la bouche pour répondre, mais aucun son n'en sort. Quand je suis avec Leo, il lâche certaines informations ici et là qui sont toutes nouvelles pour moi. J'imaginais bien que les affaires de mon père avaient une certaine portée, mais je ne me suis jamais vraiment demandé jusqu'où pouvait aller son réseau.

Leo prend mon menton entre ses doigts.

— Je te promets que tu ne regretteras pas cette soirée.

Je le regarde dans les yeux, cherchant une seule bonne raison de ne pas y aller.

— OK, dis-je, parce que je n'en trouve aucune.

Leo se penche en avant, tenant toujours mon visage, ses yeux plantés dans les miens.

— Tu vas passer un bon moment, promis, dit-il doucement, ses lèvres pratiquement contre les miennes.

Mon souffle se raréfie et le temps semble s'arrêter alors qu'il se maintient tout juste hors de portée. Sa façon de me regarder me chamboule complètement. Ses yeux bruns s'assombrissent.

— Pas ici, chuchote-t-il avant de s'écarter.

Ma main tombe de sa poitrine et je me retrouve plantée là, à court d'oxygène, essayant de me remettre des émotions que sa promiscuité m'a provoquées.

Je n'ai ressenti ça avec personne.

Personne excepté Leo Conti.

Je repense aux moments que j'ai passés près de lui depuis notre rencontre jusqu'à maintenant. Je n'ai pas cessé d'avoir une folle envie qu'il me touche, qu'il m'embrasse et tout le reste.

Il pose une main dans mon dos tandis qu'on avance vers l'avion. Il salue le pilote et me présente en se gardant bien de préciser mon nom de famille.

On n'est que trois à bord. Une bouteille de champagne frais est posée devant le canapé en cuir qui occupe tout un côté de l'avion.

Leo me fait signe de m'installer avant de remplir deux coupes.

— Attache ta ceinture, me dit-il avec un rictus alors que l'avion commence à rouler sur la piste. Le vol pourrait être mouvementé.

Il ne croit pas si bien dire. Rien n'est moins paisible que la tempête qui couve à l'intérieur de moi, et c'est un ouragan qui nous foncera dessus si je ne mets pas un terme à ce qui se trame ici avant qu'on revienne à Chicago.

Le décollage n'est pas aussi doux que je l'aurais souhaité. Les avions de ligne auxquels je suis habituée sont moins chaotiques. De base, je n'ai jamais été une adepte des voyages aériens, alors voler dans un petit jet privé n'arrange en rien l'anxiété qui me tord les tripes.

Après avoir rapidement sifflé le premier verre de champagne, je m'en sers un autre en espérant que ça suffira à me calmer.

Leo pose une main sur mon genou qui n'a pas cessé de trembler depuis qu'on a quitté le sol.

— Tu vas bien ?

Je souris nerveusement en agitant la flûte de champagne entre nous, renversant presque son contenu sur les genoux de Leo.

Je lâche :

— Bien ! Super. Je ne me suis jamais sentie mieux.

Il est clair que je suis dans un état déplorable.

Il serre mon genou dans sa main. Je prends une

profonde inspiration en essayant de ne pas penser au fait qu'on est en suspension dans les airs. Je fais un effort pour me concentrer sur ma respiration et sur son regard pénétrant.

Il vient s'asseoir à mes côtés sur le canapé, de sorte que nos genoux se touchent et que nos corps soient connectés une fois de plus.

— Tu m'as demandé ce que je faisais au mariage.

Il se tait un instant et dépose sa flûte de champagne sur la table à côté de lui.

— C'est à cause des rumeurs. Ça faisait des semaines que j'entendais dire que ton père allait sortir de prison. Quand j'ai vu le nom de famille sur l'affiche annonçant le mariage à la salle de réception, j'ai voulu y passer pour voir s'il était là.

Je me rejette en arrière.

— Tu nous traquais ?

— Non, non, ce n'est pas ça.

Je hausse un sourcil et croise les bras en prenant soin de ne pas renverser mon verre de champagne.

— Ça en a tout l'air.

— Je suis comme toi, Daphne. Je n'ai rien à voir avec les affaires de mon père, mais d'une façon ou d'une autre, son monde déteint sur moi. Et particulièrement quand son pire ennemi en a après lui. On connaît tous les deux les histoires sanglantes qui ont découlé de leur business.

Je hoche la tête, même si je ne suis pas sûre d'être aussi bien informée que Leo.

— J'avais besoin de vérifier par moi-même si Santino Gallo était vraiment dehors, à courir les rues à nouveau.

— Tu penses que mon père pourrait commanditer l'assassinat du tien ?

— C'est ce que mon père ferait pour le tien s'il le jugeait nécessaire, ça ne fait aucun doute. Pourquoi ton père serait-il différent ? Putain, il nous tuerait probablement sans même ciller.

Je m'apprête à parler mais referme la bouche aussitôt. Je suis en état de choc absolu. Dans ma famille, personne n'est impliqué dans les activités de mon père. On n'a rien à voir avec son business, pas même de loin ; le seul lien qui pourrait être dénoncé est celui du sang. Je finis par lui dire :

— C'est ridicule.

Leo s'approche encore un peu plus.

— Il fallait que je sache si ton père avait été relâché et si je devais accroître la sécurité autour de mes sœurs et moi. On ne fait pas partie de leur monde, mais on pourrait très bien en être les victimes.

Je repense au mariage, au moment où j'ai trébuché et où Leo m'a rattrapée.

— Tu me jures que tu ne savais pas qui j'étais quand tu as quitté la salle avec moi ?

Il lève les deux mains.

— Au début je n'en savais rien. Je ne me suis pas pointé au mariage avec l'intention de coucher avec la fille de Santino. Après que tu me sois tombée dans les bras, j'ai voulu te parler.

Je lui demande sans détour :

— Quand tu m'as proposé d'aller dans un endroit tranquille, tu comptais bien me baiser, pas vrai ?

Il repose sa main sur mon genou et le caresse, affolant mon ventre à nouveau.

— Dès que j'ai posé la main sur toi, Daphne, il y a eu cette étincelle entre nous. Je n'ai jamais ressenti ça avec quelqu'un d'autre. C'est peut-être dû à ton caractère fougueux ou à tes lèvres merveilleuses, mais je ne peux que te désirer. Je n'ai pas pu m'empêcher de te ramener chez moi ce soir-là, et n'ai pas cessé de penser à toi depuis que tu es partie en laissant ton odeur dans mes draps, ébranlant mon univers.

J'avale difficilement ma salive, parce que je sais exactement de quoi il parle. Depuis le moment où j'ai entendu sa voix, mon corps a été comme hypnotisé. Chaque fois qu'il me touche, j'ai la chair de poule partout. Je devrais le détester. Je devrais rester loin de lui, mais tout chez lui m'en empêche, et la réactivité de mon corps à son contact ne m'aide pas beaucoup.

— Nos pères sont ennemis. Ils seraient capables d'éliminer l'un de nous sans même se poser de question, tu l'as dit toi-même. Les gens normaux ne sautent pas dans un avion privé pour quitter l'État dans le seul but d'échapper au radar paternel le temps d'un rendez-vous. Il y a tellement de trucs qui clochent, Leo. Cette situation est complètement foireuse.

Il resserre ses doigts sur ma jambe.

— Et pourtant, d'une certaine façon, elle a l'air juste. Dis-moi que tu ne le sens pas.

Mon Dieu, j'aimerais lui dire qu'il a tort et d'aller au diable, mais c'est comme si les mots refusaient de sortir de ma bouche. J'ai même du mal à réfléchir. Leo est trop près de moi, sa peau est contre la mienne, et les vibrations de l'avion me rappellent qu'on est haut dans les airs, hors d'atteinte.

Leo Conti pourrait très bien causer ma perte.

CHAPITRE 7
LEO

AVANT LE VOYAGE EN AVION, je n'avais donné à Daphne aucune bonne raison de croire que j'étais un homme digne de confiance ou honorable.

Bon sang, je n'ai même pas pris la peine de démentir quand elle a cru qu'on avait couché ensemble. J'ai même pris du plaisir à ce qu'elle nous imagine autrement qu'endormis l'un à côté de l'autre, mais c'était vicieux.

Ce soir, j'ai réservé dans le meilleur restaurant de Nashville, le plus sélect qui soit. Dîner dans sa cuisine nous offrira plus d'intimité ; je ne voulais pas qu'elle passe son temps à regarder par-dessus son épaule. Je préfère qu'elle garde ses yeux braqués sur moi.

À peine assise, Daphne se met à gigoter sur sa chaise et à triturer ses couverts en argent de chaque côté de son assiette.

— C'est très impressionnant.

Tout en servant le champagne que j'avais choisi à l'avance pour l'occasion, je lui réponds :

— Tout ce qu'il y a de mieux.

— Tu n'aurais vraiment pas dû te donner tant de mal, dit-elle en me prenant la flûte des mains. C'est très beau, mais je suis une fille simple.

— Il n'y a rien de simple, chez toi, Daphne.

Elle rougit et détourne les yeux avant de porter le champagne à ses lèvres.

— Leo, mon ami ! dit Martin, chef cuistot et propriétaire du restaurant, en s'approchant de notre table.

— Martin ! Merci de nous recevoir ce soir, même si j'ai réservé au dernier moment.

— Bah, quand c'est pour toi… Ta dame est vraiment belle.

Il sourit à Daphne, tout aussi frappé par sa beauté que je le suis. Elle rougit encore un peu plus et Martin ajoute :

— Mais tu as toujours été chanceux, mon salaud !

— Jamais autant que ce soir, dis-je en faisant un clin d'œil à Daphne, parce que je veux qu'elle sache ce que je ressens.

— Je dois retourner aux fourneaux, mais votre entrée vous sera servie sous peu.

— Merci, dit Daphne en adressant à Martin le plus doux des sourires.

— Tout le plaisir est pour moi, madame, répond-il en inclinant la tête.

Il la dévore des yeux comme le font tous les hommes qui croisent son chemin.

— Il a l'air vraiment gentil, dit Daphne en le regardant se donner en spectacle par-dessus mon épaule. Tu le connais depuis longtemps ?

— Depuis quelques années. On travaillait ensemble avant qu'il décide d'ouvrir ce restaurant. Je l'ai aidé à monter le projet ; on a été associés jusqu'à ce qu'il puisse racheter ma part.

— Eh bien, c'était gentil de ta part.

— C'était juste une question de business.

En réalité, j'aurais fait n'importe quoi pour Martin. Il m'a aidé à lancer mon affaire hôtelière à Nashville en s'assurant de son succès malgré l'abondante concurrence.

— J'ai du mal à le croire, me dit-elle en me souriant au-dessus de sa flûte de champagne.

— Je suis quelqu'un de bien, Daphne.

Je plaide pour ma cause ; j'aimerais qu'elle me voie autrement que comme le fils de Mario.

— Je m'en rends compte, maintenant.

— Je peux te demander quelque chose ?

Je la regarde, assise à cette table ; c'est la plus belle femme que j'aie jamais vue.

— Qu'est-ce qui te fait vibrer ?

Elle se penche en avant, sa flûte de champagne dans

une main, plus appétissante que tout ce que Martin pourrait bien servir.

— Ma famille et mon business.

J'aurais répondu la même chose. Mais un de ces jours, j'aimerais fonder ma propre famille. Les années passant, je prends conscience que je ne suis plus tout jeune et le besoin de me poser devient plus fort, plus pressant.

Je me penche au-dessus de la table et repousse une mèche de ses cheveux qui cachait un peu ses yeux. Ma main s'attarde près de son visage.

— Qu'est-ce qui t'apporte du plaisir ?

La lueur de la bougie vacille sur son visage. Ses yeux s'assombrissent et elle met son visage dans ma main.

— En ce moment, c'est toi, admet-elle. Et toi ?

— Être avec toi.

— On a tort de faire ça, ajoute-t-elle dans un murmure.

— De faire quoi ? On ne fait que parler.

Ce que je ressens et ce qu'on fait ne me provoquent aucune culpabilité. Je me fiche de nos familles, de nos amis ou de toute répercussion que notre soirée ensemble pourrait avoir.

— On fait plus que parler, Leo, répond-elle doucement, en battant lentement des cils.

Elle me séduit toujours plus.

Martin s'éclaircit la gorge pour nous interrompre.

— Puis-je me permettre de dire que vous formez un couple magnifique ? Je n'ai jamais vu deux personnes aussi bien assorties.

On échange un regard, Daphne et moi. Je réponds :

— Merci, Martin. Mais on ne veut pas aller plus vite que la musique. C'est notre premier rendez-vous.

— Pas de problème, dit Daphne en souriant. Ce n'est pas non plus comme si on se voyait pour la première fois.

— Eh bien, je vous souhaite de vous régaler, et en particulier avec les huîtres Rockefeller. C'est la spécialité de la maison et un bon aphrodisiaque, ajoute-t-il avec un clin d'œil avant de nous laisser seuls à nouveau.

Elle repose son dos contre le dossier de sa chaise et me dévisage.

— Je me faisais une tout autre image de toi ; vraiment.

Je hausse un sourcil et demande :

— Meilleure ou moins bonne ?

— Eh bien, je croyais que tu étais un salaud.

— Oh, dis-je en riant. Mais je le suis.

— Pas vraiment.

— Si, vraiment, mais tu es peut-être trop aveuglée par tes sentiments pour moi pour t'en rendre compte.

Daphne murmure avec un sourire en coin :

— Ça m'étonnerait.

On est à mi-chemin entre Nashville et Chicago, et je sais qu'il me reste peu de temps pour la convaincre d'accepter un autre rendez-vous. J'ai beau ne lui en avoir demandé qu'un seul, j'en désire désespérément un autre.

— Tu me plais, Daphne. Je me fiche de ton nom de famille. Je me fiche de savoir qui est ton père et qui est mon père, et si te fréquenter est dangereux. Si ton père s'en rend compte, il me tuera probablement avant que j'aie pu dire *ouf*, mais je m'en moque. Tout ce qui m'importe, c'est toi ; la douceur de ta peau contre la mienne ; l'altération de ton souffle quand je te touche ; c'est tout ce que je veux. Je ne suis pas prêt à tourner les talons, pas avant de comprendre ce qu'il se passe entre nous.

— C'est lourd à gérer pour moi, répond-elle en allant complètement à l'encontre des attentes que j'avais, après lui avoir confessé ce qui se passait dans ma tête.

Daphne a passé la soirée à me regarder avec avidité. Elle me déshabillait presque du regard, comme la nuit où on s'est rencontrés. Elle peut bien dire ce qu'elle veut, ce que révèle son corps est une autre histoire.

Elle pince les lèvres.

— Leo, murmure-t-elle en venant s'asseoir à côté de moi dans l'avion et en secouant la tête. J'ai passé une belle soirée, mais ça ne peut pas marcher entre nous.

— Pourquoi ? Donne-moi une bonne raison.

Je me montre insistant, mais on n'obtient jamais rien sans persévérance.

Elle rit doucement.

— Hum… L'éventualité que l'un d'entre nous meure est une assez bonne raison, tu sais…

Elle hausse les épaules, un sourire douloureux sur les lèvres.

— On va tous mourir un jour, Daphne. Ce qui importe, c'est comment on choisit de vivre.

Elle me dévisage un moment la bouche ouverte. Je ne saurais dire si j'ai marqué un point avec ma déclaration, ou si je viens de me tirer une balle dans le pied, réduisant à néant tout avenir entre nous.

— Est-ce qu'on s'est au moins embrassés, cette nuit-là ? demande-t-elle.

Je mets une main devant ma bouche pour cacher mon sourire. Cette femme me rend dingue et j'en redemande.

— Tu ne te souviens de rien ?

Elle fait non de la tête et répond :

— Pas vraiment.

J'insiste, vraiment choqué :

— Vraiment pas ?

— Je n'ai pas un seul souvenir après la salle de réception, répond-elle. Je pense que s'il s'était produit un cataclysme en mesure de changer ma vie, je m'en serais souvenue ; mais là, rien. C'est le vide total dans ma mémoire.

Je me glisse vers elle, à ses côtés.

— On ne s'est même pas embrassés. Mais j'ai très envie de le faire maintenant. Je vais t'embrasser.

J'ai envie de sentir ses lèvres contre les miennes plus que tout au monde.

Elle écarquille les yeux mais ne s'éloigne pas, ne proteste pas. Je pose mes doigts sous son menton, soutenant son regard.

— S'il n'y a pas d'étincelle, d'affinité, si tu ne ressens rien, on en restera là. Tu pourras descendre de cet avion et ne plus jamais entendre parler de moi. Mais...

Je marque une pause et me penche vers elle, approchant mon visage du sien.

— Si tu ressens ce que je ressens, on verra ce qu'il se passe. On se doit au moins ça.

Elle ne répond rien et me regarde avec une grande intensité. Elle respire à peine et l'air autour de nous semble épais, lourd de désir.

Je m'approche encore et son regard s'abaisse sur mes lèvres. J'ai envie d'elle. Cette fille me tient pieds et poings liés. Elle est comme un coup du sort : de toutes les filles de Chicago, il a fallu que je craque pour la seule qu'il me fallait éviter.

Je glisse ma main sur sa joue, prenant son visage dans ma paume. Sa bouche a l'air douce et engageante. Je pose mes lèvres sur les siennes. Les mêmes décharges électriques que j'avais déjà ressenties font vibrer tout mon système nerveux alors que nos corps se lient et que nos souffles s'harmonisent. Elle se laisse fondre dans mes bras, désirant ce baiser autant que moi.

J'ai envie d'elle. Je la désire plus que je n'aie jamais désiré quelque chose ou quelqu'un dans ma vie. J'ai pour habitude de toujours arriver à mes fins, mais Daphne Gallo ne va pas être une conquête facile. Elle va se battre bec et ongles contre moi ; pourtant, je compte bien utiliser toutes les armes à ma portée pour gagner cette bataille.

Mes doigts se resserrent sur sa nuque ; je renverse sa tête en arrière et mon baiser se fait plus fort et plus profond. Elle gémit doucement, attisant plus encore mes nerfs et déréglant mon rythme cardiaque.

Je glisse mon autre main dans son dos et l'attire plus près de moi. Je veux sentir son corps contre le mien. Comme si elle n'attendait que ce signal, elle monte sur mes genoux et vient poser son sexe gonflé de désir contre ma queue si dure qu'elle est à l'agonie. Elle plante ses doigts dans ma chevelure et m'embrasse à son tour avec fougue.

Elle le ressent. Elle ne peut pas le nier. Ce désir ; cette passion ; cette envie, ce besoin. C'est là, indéniablement. Ce n'est pas de l'amour, ni de l'affection. C'est sexuel et en ce qui nous concerne : c'est inévitable.

Elle renverse la tête en arrière, m'offrant son cou. Je fais glisser ma bouche sous sa mâchoire et sens son pouls du bout des lèvres. Son cœur bat la chamade, tout comme le mien. J'emmêle mes doigts dans ses cheveux pour la maintenir dans cette position et me régaler de sa peau.

L'avion a une secousse et Daphne pousse un léger cri en s'accrochant à moi. Je murmure la bouche contre sa peau :

— Tout va bien, *bella*, on est en sécurité.

J'essaie de la distraire avec mes caresses.

— Je te tiens.

Quand je mords doucement la tendre chair près de son épaule, elle se détend dans mes bras et se remet à gémir. Elle remue contre moi en se frottant contre mon sexe. Je suis foutu. La moindre retenue que je pouvais encore avoir fond comme de la neige au soleil, et je ne suis plus capable de rester calme.

— J'ai envie de toi, dis-je avant d'avouer : j'ai besoin de toi.

La promiscuité de nos corps produit une explosion de plaisir indéniable. Ce n'est pas le genre de chose que j'admets facilement. Surtout pas aussi vite et qui plus est dans une relation à l'issue incertaine. Mais Daphne Gallo a cet effet-là sur moi. Elle me rend différent. Elle me rend… meilleur.

Ses doigts lâchent mes cheveux et descendent jusqu'à la boucle de ma ceinture. Tandis qu'ils s'affairent dessus pour l'ouvrir, je remercie le ciel qu'elle ait ressenti la même étincelle que moi.

Je fais glisser mes mains le long de son corps, depuis ses cheveux jusqu'à l'ourlet de sa robe. Nos bouches fusionnent à nouveau. Sa peau douce et chaude appelle mes caresses et me fait perdre la tête.

Elle ouvre ma braguette en tirant dessus d'un coup sec, découvrant le bout de mon sexe qu'elle effleure des doigts, me coupant le souffle. Quand elle passe sa main de velours dans mon pantalon et saisit ma queue toute gonflée, je suis au bord de disjoncter.

J'ai besoin d'être en elle. J'ai encore plus besoin de la sentir autour de moi que de l'air que je respire. Je remonte sa robe, découvrant son sexe nu, et enfonce mes doigts dans la tendre chair de ses fesses. Elle bascule son bassin en avant, unissant sa moiteur à ma dureté.

Elle lève les fesses en s'appuyant d'une main sur mon épaule et me dévisage. Ma queue dans son autre main, elle déclare :

— Je ressens la même chose, et je vais y remédier.

Je ne discute pas.

Je suis prêt à relever le défi.

Je compte la baiser si bien qu'elle suppliera de revoir ma queue. On ne va pas se dire adieu. Je ne compte pas la laisser me jeter comme si je n'étais rien d'autre qu'un corps sexy et un membre bien dur avec une date de péremption.

Daphne descend sur mon sexe et s'empale dessus

jusqu'au bout, en plantant ses ongles dans ma peau sous ma chemise.

Le mélange de la douleur et du plaisir me fait tourner la tête et manquer d'air. Je ne veux pas que ça aille si vite. Je veux la découvrir lentement, sentir chaque millimètre à l'intérieur d'elle, et qu'elle continue ensuite à me sentir en elle pendant des jours.

J'attrape ses hanches, l'obligeant à ralentir ses mouvements, tandis que je fais onduler mon bassin pour être sûr de toucher chaque zone de plaisir à l'intérieur d'elle. Elle renverse sa tête en arrière en gémissant, me laissant prendre le contrôle. Je vais et viens en elle en levant les hanches tout en l'abaissant vers moi, faisant entrer nos corps en collision.

Elle pousse un cri ; sa main est toujours sur mon épaule, ses ongles plantés dans ma peau. Je me délecte de chaque instant. Les cheveux bruns de Daphne qui descendent en cascade dans son dos balayent mon pantalon tandis qu'elle me maintient fermement contre elle.

Je percute le fond de son sexe avec le mien et je susurre :

— Tu la sens ?

Elle ne me répond pas par des mots, mais en gémissant, et son corps se convulse.

— Tu sens combien je te désire ? Comme tu me fais crever d'envie ?

Ma voix est saccadée et mon souffle de plus en plus

désordonné. Je l'oblige à me regarder ; j'ai besoin d'une connexion plus profonde que celle de nos corps.

Ses yeux brun sombre se relient aux miens et toute retenue cède. J'attire son visage et viens écraser mes lèvres contre les siennes en accélérant le rythme de mon bassin, enfonçant ma queue plus fort et plus profondément qu'avant. Je viens chercher le plaisir démesuré que seule Daphne Gallo est en mesure de me donner.

Son sexe se contracte autour du mien, l'aspirant profondément, me coupant le souffle. Son corps cherche l'orgasme que je refuse de lui donner déjà. Je veux que ça dure. Je veux profiter d'elle à fond.

Elle rue contre moi et repousse mes mains, rebondissant fiévreusement sur mon sexe, sa langue autour de la mienne.

Je suis perdu.

Foutu.

Je suis complètement accro à Daphne Gallo. Je n'ai jamais été autant dans le pétrin de toute ma vie.

CHAPITRE 8
DAPHNE

— QU'EST-CE QUE C'EST ?

Michelle déplace mon col et s'exclame :

— Est-ce que Leo a remis ça ?

Je repousse sa main d'une claque et couvre l'endroit que je croyais avoir bien caché. Je lâche :

— Je suis tombée !

Bien sûr... On sait toutes les deux que c'est archifaux.

Le salaud. Il a laissé un bleu sur mon cou là où il m'a mordu quand je le chevauchais dans l'avion, enchaînant les orgasmes. Je suis bien contente des griffures qui doivent sans doute rayer ses épaules, en échange. Je réalise qu'il aime laisser des traces sur mon corps, à des endroits empêchant toute discrétion ; j'imagine même que ça doit faire partie de son plan de maître.

Michelle porte sa main à sa tête en grognant.

— Putain, t'es complètement débile ou t'as envie de mourir ?

Au point où j'en suis, je dirais qu'il y a un peu des deux. Sinon, pourquoi serais-je attirée par Leo… constamment ?

Angelo passe derrière le bar et se focalise sur mon suçon en plissant les yeux.

— Baisse d'un ton, dis-je à Michelle en désignant mon frère du menton.

Je n'ai pas envie qu'il entende un seul mot de notre conversation.

Elle jette un regard à Angelo et lui adresse un sourire forcé censé nous couvrir, mais sa mimique est complètement bidon.

— Réponds à ma question, dit-elle entre ses dents, sans que ses lèvres remuent.

— J'ai mis un terme à tout ça, lui dis-je.

Du moins, d'après ce que je lui ai dit après un baiser d'adieu sur la piste, aux abords de l'avion. Bien qu'on ait baisé comme des lapins et qu'il m'ait probablement donné les meilleurs orgasmes de ma vie, je n'étais pas sûre de pouvoir le revoir.

Il n'y a pas d'avenir possible entre nous.

Comment pourrait-il y en avoir un ?

Nos familles sont ennemies, et par extension, nous aussi.

Michelle penche la tête sur le côté et croise les bras, suspicieuse.

— Tu en es sûre ?

Je m'esclaffe, lançant une main en l'air :

— Bien sûr ! Carrément.

Son regard se rétrécit.

— Il est peut-être clean, mais on sait bien que son père ne l'est pas.

Je lui rappelle que le mien non plus, en sachant bien que c'est inutile, parce qu'elle connaît mon père aussi bien que moi.

Michelle aussi a grandi dans le milieu. Son père travaillait pour le mien avant de mourir dans un tragique accident de voiture, il y a cinq ans. Elle s'est longtemps demandé si ça n'était pas un meurtre, mais jusqu'ici, on n'a jamais trouvé aucune preuve. Mon père a juré qu'il n'y avait rien de caché là-dessous et que tout ce qui est arrivé à Eddie, le père de Michelle, était accidentel.

Elle lève les yeux au plafond.

— C'est vraiment terminé entre vous, ou tu me racontes des conneries ?

— Oui, c'est vraiment terminé.

En m'entendant le dire, je ne suis pas convaincue, et je sais que Michelle ne gobe pas ça plus que moi.

— Donc, c'était si bon que ça ?

Je fais l'idiote :

— Qu'est-ce qui était si bon que ça ?

— Le sexe.

Elle secoue la tête, comme si je l'exaspérais.

— Tu as dit qu'il avait un pénis parfait et le plus beau corps que tu n'avais jamais vu.

Je soupire bruyamment.

— Si tu savais… Il est le meilleur des amants.

— Jouissif ? demande-t-elle dans un rictus.

On a toujours été honnêtes l'une envers l'autre. On ne s'est jamais rien caché jusqu'ici. Pourquoi commencer maintenant ?

— Plus que jouissif. Je suis dans le pétrin, Michelle. Un vrai pétrin.

— Daphne, ton téléphone fait vibrer tout le comptoir, dit Johnny en s'emparant de mon portable avant de regarder l'écran. Qui est Le Meilleur Que Tu Auras Jamais ?

— Eh merde…

Je laisse Michelle et marche droit vers Johnny. Je lui arrache mon téléphone des mains.

Angelo me regarde, et je peux voir les questions se bousculer dans sa tête.

— Qui est-ce que tu fréquentes, Daphne ? me demande-t-il enfin, alors que je balance mon portable dans mon sac à main sous le bar. Ce n'est pas la première fois qu'il appelle.

Je ne me retourne pas. Je reste de dos. C'est plus facile de lui mentir sans lui faire face.

— Personne.

Je suis presque honnête. Je ne fréquente pas Leo, ou

pour être exact, je ne le fréquente plus. Il n'y a rien entre nous. On a baisé, d'accord ; quelques fois dans l'avion. Mais ça ne veut pas dire qu'il y ait quoi que ce soit d'autre.

— Hier soir, tu étais portée disparue, et là tu débarques avec un nouveau suçon, déclare-t-il.

Je ferme les yeux et murmure un *putain*, avant de me mettre à fouiller dans mon sac pour me donner une contenance.

— Je suis tombée. Je me suis fait un bleu. Ce n'est pas un suçon, idiot.

— Donc tu es tombée sur le cou ? demande-t-il, sa voix grimpant dans les aigus sur les derniers mots.

Quand je me redresse, je tombe sur Michelle qui me dévisage en se mordant les lèvres, essayant de réprimer un fou rire. Je la fusille du regard.

— Quelque chose dans le genre.

Je me tourne finalement vers mon frère en arrivant tant bien que mal à garder une expression normale.

— Mais bon, je vais bien.

— Et le mec du téléphone ? demande-t-il en haussant un sourcil.

— Juste un type sans importance.

Angelo regarde Michelle. Elle acquiesce sans sourire. Elle est la menteuse la plus déplorable que la Terre ait jamais portée. Bien qu'elle ait été la première à faire des conneries avec moi, elle a toujours été la première à nous dénoncer, disant aux flics tout ce qu'ils voulaient entendre. Et si Angelo était dans le rôle du détective, c'était encore pire. Elle a toujours éprouvé un truc pour lui, bien qu'elle essaie de le cacher. Je ne suis pas stupide, ni aveugle.

— Oui. C'est vraiment personne, ajoute-t-elle en s'esclaffant, et je n'ai jamais entendu un rire sonner aussi faux.

Angelo ne dit rien d'autre, mais il ne me quitte pas des yeux. Il n'y a aucune chance que je lui en dise davantage. Il n'a absolument pas besoin de savoir, pour Leo.

Je commence à m'éloigner, satisfaite que la conversation touche à sa fin, quand Angelo lâche :

— Billy t'a vue hier soir ; au petit aéroport, aux abords de la ville.

Je me fige en pleine enjambée, un pied en l'air, comme dans un, deux, trois, soleil. Je dévisage Michelle, les yeux écarquillés. Elle a l'air tout aussi horrifiée que moi.

Cet enfoiré m'a menée en bateau. Il savait très bien que je voyais quelqu'un, mais il faisait l'innocent en essayant de me faire cracher le morceau. Mais je suis une pro. En grandissant chez les Gallo, j'ai appris un ou deux trucs... comme les techniques d'esquive.

— Il a dit que tu étais avec un mec et que vous êtes montés dans un jet privé. Le type a semblé familier à Billy, mais il ne savait pas dire qui c'était. Du moins, pas pour l'instant. Tu as fait un petit voyage, ma sœur ? Peut-être avec le Meilleur Que Tu Auras Jamais ?

Je pivote sur un talon comme si j'étais une ballerine insolite et baisse les yeux sur mon frère.

— Je ne suis pas tenue de te dire quoi que ce soit. Mêle-toi de tes affaires.

Il penche la tête sans pouvoir réprimer un large sourire. Je lui lance :

— Je ne te demande pas avec qui tu baises, et tu n'as pas à me le demander non plus, Big Brother.

J'adresse un sourire à Michelle, vachement impressionnée par ma propre éloquence et mon aplomb face au regard inquisiteur d'Angelo. Bon, pour tout dire, je lui tournais le dos la plupart du temps, mais quand même.

— Je me fous de savoir avec qui tu es, Daphne. Mais sois prudente et maligne, c'est tout.

Prudente, je l'ai été. Leo l'a été aussi, parce qu'il savait qu'on était surveillés. Maligne, c'est autre chose. Si j'avais été maligne, je n'aurais pas accepté son unique rendez-vous, et je n'aurais certainement pas couché avec lui pour être officiellement épinglée à son grand tableau de chasse.

Je reviens vers le bar et attrape mon sac avec mon téléphone sous le comptoir. Je lui réponds en mentant éhontément :

— Je suis toujours maligne, Angelo. Toujours.

Je sors en grande pompe de la pièce et me dirige vers l'allée. Quand je passe la porte et qu'elle claque dans mon dos, je suis déjà en train d'écouter le message de Leo.

Daphne, je n'arrête pas de penser à toi. Tu m'as dit adieu, mais je sais que tu ne le pensais pas. Je viendrai chez toi ce soir. Ne me tire pas dessus.

Je ne peux pas m'empêcher de sourire, mais ensuite, je me souviens de l'éventualité que l'un d'entre nous se fasse descendre.

Moi : C'est trop dangereux. Quelqu'un nous a vus à l'aéroport.

Je tape du pied, attendant sa réponse. Comme elle n'arrive pas, je reviens sur mes pas. Je n'ai pas fait un mètre que mon téléphone sonne.

— Comment ça, quelqu'un nous a vus ?

Je perçois l'inquiétude dans sa voix.

— Un des potes de mon frère bosse à l'aéroport. Il m'a dénoncée.

— Merde, siffle-t-il.

— Je ne crois pas qu'on devrait se revoir, Leo. C'est trop dangereux. Tu avais pris des précautions, et pourtant quelqu'un nous a vus.

— Il sait qui je suis ?

— Dans la mesure où il travaille à l'aéroport, j'imagine qu'il peut facilement le savoir.

— L'avion est enregistré sous le nom de la compagnie.

— Et de quelle compagnie s'agit-il ?

Il ne m'a pas encore dit grand-chose à propos de son

travail, à part qu'il n'est pas impliqué dans les affaires de son père. Je ne comptais pas aborder le sujet, mais puisqu'il en parle, après tout, pourquoi pas.

— Les hôtels Excellence.

— Les fameux hôtels Excellence ?

Le mariage de mon frère a eu lieu dans un Excellence. Je comprends maintenant pourquoi Leo s'y trouvait et comment il savait quel couple fêtait son mariage dans la salle de réception ce soir-là.

Il n'avait pas suivi ma famille, en fin de compte.

— Oui, répond-il.

— Est-ce que tu es le... PDG, ou un truc dans le genre ?

— La chaîne d'hôtels m'appartient, Daphne.

La mâchoire m'en tombe. Je savais que Leo était fortuné, je savais qu'il était d'une certaine classe, mais je n'aurais jamais imaginé qu'il puisse être le propriétaire d'une des plus grandes et des plus élitistes chaînes hôtelières du pays.

— Eh bien, d'accord, dis-je, toujours sous le choc de l'aveu qu'il vient de faire. Quoi qu'il en soit, je pense toujours qu'on ne devrait pas se revoir. Quand je t'ai dit adieu, ce n'était pas des paroles en l'air.

— On en parlera ce soir, répond-il avant de raccrocher.

Je regarde mon téléphone, éberluée.

Il vient de me raccrocher au nez.

Ce putain de Leo Conti vient de mettre un terme à

notre conversation sans que j'aie pu ajouter le moindre mot, alors que j'avais encore plein de choses à dire.

— Tu comptes travailler, ou tu comptes bavasser toute la journée ? demande Angelo en me faisant mourir de peur.

Je jure dans ma barbe, les deux mains sur ma poitrine.

— J'arrive.

Angelo me dévisage. Il sait bien qu'il se trame quelque chose. J'espère seulement qu'il ne découvrira pas avec qui j'étais, parce que je sais qu'il aura des remontrances à me faire. Tout comme moi, il déteste tout ce qui touche aux affaires de mon père.

Je fourre mon téléphone dans ma poche arrière et me dirige vers le bar. Quand je passe à sa hauteur, je le bouscule légèrement.

Je suis occupée à ranger les bouteilles pour le service du soir quand ma mère pousse la porte d'entrée, portant dans les bras le cadre d'un vieux vélo et arborant sur son visage le plus grand sourire qui soit.

— Regardez-moi cette merveille !

Elle brandit le tas de ferraille rouillée en nous rejoignant.

— C'est… C'est…

Je ne sais pas quoi dire. Je sais qu'elle voudrait qu'on s'émerveille à la vue de son épave, mais je n'arrive pas à trouver les bons mots. C'est une loque pleine de rouille, mais à ses yeux, c'est déjà une œuvre d'art.

— C'est super, *Ma*, dit rapidement Angelo, m'évitant de prononcer des paroles que je regretterai par la suite.

Elle dépose le cadre au sol et son sourire s'agrandit.

— Et je sais exactement ce que je vais en faire.

Ma mère s'est prise de passion pour l'art de la récup ou, comme je l'appelle, la maîtrise de la camelote. Quand mon père a été emprisonné, *Ma* a eu besoin de trouver un passe-temps. Pourquoi est-ce qu'elle n'a pas choisi le crochet ou le tricot, je ne comprendrai jamais.

Au lieu de ça, elle récupère ce que les autres jettent et le recycle pour en faire une œuvre d'art – ce sont ses mots, pas les miens – que personne ne veut jamais acheter.

Je feins d'être intéressée, parce que bon... c'est ma mère ; je ne veux pas être irrespectueuse. Alors je demande, même si la réponse m'importe peu :

— Et que vas-tu en faire ?

Elle tient le cadre d'une main et recule d'un pas, contemplant sa catastrophe ambulante.

— Imaginez...

Elle remue sa main devant l'épave.

— Je vais l'utiliser comme base pour une table basse. Je mettrai peut-être un plateau en verre dessus. Ça serait fabuleux, non ?

— Ça serait génial, *Ma*, fayote Angelo, parce qu'il est toujours le premier à lui lécher les bottes.

Exaspérée, j'articule en silence de sorte que lui seul puisse me voir :

— Faux cul.

— Daphne le veut pour son salon, ajoute-t-il avec un sourire de merdeux. Ça fait longtemps qu'elle cherche une table basse.

Ma mère se met à applaudir, tout excitée à l'idée que j'expose enfin une de ses œuvres chez moi. Elle gazouille :

— Ça tombe à pic !

Je tourne le dos à ma mère et fais un doigt d'honneur à Angelo en chuchotant :

— Tu ne paies rien pour attendre…

Puis, je fais face à ma mère.

— Je serais ravie de l'avoir, *Ma*, mais j'ai horreur du verre. Est-ce que tu pourrais au moins la couvrir avec du métal ou du bois ?

Quelque part, j'espère avoir sabordé sa vision au point qu'elle décide de garder la table pour elle-même, mais j'aurais dû savoir que ce n'était pas son genre.

— Bien sûr, mon ange. Tout ce que tu voudras.

Elle a l'air tellement contente que je me sens presque coupable de vouloir un dessus de table opaque pour dissimuler le tas de ferraille qu'il y aura en dessous.

— Je vais m'y mettre immédiatement.

Elle soulève le cadre du vélo et, avant que l'un de nous ait pu dire quoi que ce soit, elle détale vers l'allée pour aller s'enfermer dans son « studio d'art », établi dans un garage abandonné derrière le bar.

— Ça va être sensationnel dans ton salon, Daph, s'esclaffe Angelo.

Je crie :

— T'es vraiment un enfoiré !

Mais il est déjà à l'autre bout du bar pour éviter de recevoir le couteau que je fais mine de vouloir lui lancer.

CHAPITRE 9
LEO

JE TRAVERSE le hall pour me rendre chez Daphne, quand je découvre mon père assis au bar de l'hôtel, sirotant un verre de brandy. Il ne vient jamais ici, à moins de vouloir quelque chose de précis.

On a toujours été d'accord sur ce point : il épargne mes hôtels avec son business et j'essaie de fermer les yeux sur ses activités criminelles.

— Hey, Pop.

Je m'approche du barman pour prendre un verre ; j'ai comme l'impression que je vais en avoir besoin.

— Qu'est-ce qui t'amène ici ce soir ?

— J'ai entendu dire que tu étais dans l'ancien quartier, la nuit dernière.

Il fait tournoyer le brandy à l'intérieur de son verre.

Il tourne autour du pot au lieu d'en venir au fait et de me demander directement ce qu'il veut savoir.

C'est sa façon de faire.

Il va toujours s'immiscer dans mes affaires tout en prétendant qu'il ne cherchait pas à savoir quoi que ce soit.

Ce soir, il a l'air fatigué. Les rides autour de ses yeux semblent plus profondes qu'elles ne l'étaient la dernière fois que je l'ai vu. Il y a plus de cheveux blancs dans sa chevelure noire parfaitement peignée. Le temps rattrape cet homme qui m'avait toujours semblé invincible.

— Je l'étais.

Je fais glisser le verre de whisky devant moi dès que le barman le pose sur le comptoir.

— Ce n'est pas prudent de ta part, dit-il en me jetant un regard par-dessus son épaule. Je te croyais plus malin que ça, Leo.

— Je n'ai rien à voir avec tes affaires, Pop.

Son regard se rétrécit.

— Tu es mon fils. Que ça te plaise ou non, nos liens de sang font de toi une cible.

Je bois une gorgée de whisky, l'écoutant ressasser les dangers auxquels je m'expose en me rendant en territoire ennemi. Je le laisse aller au bout de son monologue sans l'interrompre, parce qu'il est vain de vouloir le raisonner.

— Je t'interdis d'y retourner, conclut-il comme si

j'étais un petit enfant et qu'il était encore, d'une manière ou d'une autre, responsable de moi.

Je me penche en arrière et le dévisage en me demandant s'il est en plein excès de confiance ou s'il devient sénile.

— Je suis adulte. Tu n'as plus à m'autoriser ou à m'interdire d'aller où que ce soit.

— Les Gallo sont dangereux, mon fils. Maintenant que Santino est sorti de taule, je suis sûr qu'il va vouloir faire un coup de force pour récupérer une partie du territoire qu'il a perdu en son absence.

— Peut-être qu'il en a marre de cette vie et qu'après tout ce temps en prison il a changé.

Mon père a un rire cynique.

— Ça ne se passe pas comme ça. La taule rend les gens encore plus déterminés.

Il se tait un instant, le temps d'avaler une gorgée de brandy, puis ajoute :

— Et fait d'eux de meilleurs criminels.

Il doit savoir de quoi il parle. Il a eu son lot d'années derrière les barreaux. Principalement quand j'étais plus jeune, parce que c'était une tête brûlée qui crevait d'envie de vivre sous les projecteurs en s'inspirant de fantasmes à la *Scarface*.

— S'il m'arrive quelque chose, tu auras mon sang sur les mains. Je ne fais pas partie de ton business et je ne laisserai pas ton univers dicter ma vie.

Son regard devient froid.

— Si quelqu'un s'en prend à toi, ce sera la guerre. Tu es mon enfant, Leo, quel que soit ton âge. J'essaierai toujours de te protéger.

— Peut-être qu'il est temps pour toi de te retirer, Pop. T'y as déjà pensé ? Tu pourrais vivre une vie normale, sans violence, et sans avoir besoin de regarder par-dessus ton épaule constamment.

Il esquisse un sourire.

— Il n'y a pas d'autre vie pour moi. Depuis que ta mère est morte, dit-il avant de marquer une pause et de se signer, paix à son âme, je n'ai plus aucune raison de me retirer.

Mon cœur se resserre. Je déclare :

— Alors on doit accepter de ne pas être d'accord.

Il pose sa main sur mon bras. Ce geste est la plus grande marque d'affection qu'il soit capable de me donner.

— Rien ne peut t'arriver de bon, là-bas.

Là-dessus, il a tort. Mais s'il savait que j'y étais avec Daphne Gallo, il ferait un caca nerveux, voire même un AVC sur le tabouret de bar. Après tout, c'est son problème, pas le mien.

Je siffle mon verre et me lève.

— Je dois filer, Pop. Rien d'autre à me dire ?

Il regarde droit devant lui, fixant le miroir derrière le bar.

— Je n'aime pas ces rapports sur tes allées et venues, Leo.

— Alors arrête de me faire surveiller. Rappelle tes bulldogs et répète-leur que je n'ai rien à voir avec tes affaires. Zone interdite.

— Tu es naïf, marmonne-t-il alors que je m'en vais.

Je le laisse là, assis au bar à téter son brandy, s'inquiétant sûrement que je ne suive pas ses conseils.

Pour ce qui est d'écouter mon père, mes sœurs sont bien meilleures que moi. Elles l'ont toujours été. En petites princesses gâtées, elles sont ravies de prendre l'argent sale pour maintenir le train de vie excessif et pépère auquel elles ont été habituées depuis l'enfance.

Pour ma part, je ne suis pas du tout comme elles et ne le serai jamais.

Daphne n'a pas l'air ravie de voir que je me suis garé à côté de sa Jeep à l'arrière du bar. Il est un peu après minuit.

— Qu'est-ce que tu fais ici ?

— Monte.

Elle me dévisage en clignant des yeux, mais ne bouge pas.

— Tu me raccroches au nez, et maintenant tu me dis de monter dans ta voiture ?

J'ai un petit sourire en coin en répondant :

— Oui.

Quoi qu'elle dise, je sais qu'elle va monter. Elle peut

avoir l'air offensée, je sais bien que ce n'est qu'une façade. La façon qu'elle a eue de m'embrasser m'a renseigné sur tout ce que j'avais besoin de savoir.

— Ce n'est pas sans danger pour moi d'être ici. Alors monte dans la voiture pour qu'on puisse trouver un endroit plus discret, histoire de se parler en privé.

Daphne regarde autour d'elle, essayant de percer l'obscurité. J'ai planté la graine et je n'ai plus qu'à attendre. Elle fait le tour de la voiture et se glisse sur le siège passager.

— Je suis là, annonce-t-elle après avoir claqué la porte et s'être éclairci la voix.

Elle pose ses mains sur ses genoux et regarde à travers le pare-brise, ignorant presque ma présence.

Je m'engage dans la rue et conduis vers chez moi où je sais que personne n'est posté.

— Il faut qu'on parle.

— Je pensais avoir déjà dit tout ce que j'avais à dire à l'aéroport.

Mon Dieu, ce qu'elle est coriace ! Cette femme ne lâche rien, surtout dans le domaine des sentiments.

On patiente à un feu rouge ; elle n'a toujours pas daigné regarder dans ma direction.

— Tu ne le pensais pas.

À ces mots, elle se tourne vers moi, et si elle le fait guidée par la colère, ça m'est bien égal ; au moins, j'ai toute son attention. J'ajoute :

— On le sait tous les deux.

— Je t'ai promis un rendez-vous. Je t'ai donné ce que tu voulais, j'ai tenu parole. On sait très bien qu'on ne peut pas être ensemble. Alors pourquoi insister ?

Je manœuvre dans les rues de Chicago sans répondre à sa question. Pendant quelques instants, j'essaie de prévoir ma prochaine action, mes prochaines paroles, et je cherche comment m'y prendre pour amener Daphne à admettre ce qu'elle ressent.

Je n'ai pas besoin d'une déclaration d'amour, mais j'aimerais au moins l'entendre avouer qu'on est sur la même longueur d'onde physiquement. Pour le reste, je lui laisse le temps.

Dans la mesure où nous ne sommes pas impliqués dans les affaires de nos pères, rien ne nous empêche de voir où cette relation pourrait nous mener.

Dès que je rentre dans le parking souterrain sécurisé sous mon immeuble, j'arrête de vérifier dans le rétroviseur que personne ne nous suit et me détends enfin. Je gare la voiture sur ma place de parking et demande en coupant le moteur :

— Est-ce que tu sors avec quelqu'un d'autre ?

— Tu sous-entends que je sors avec toi aussi, ce qui est faux. Je ne sors avec personne.

Je souris en secouant la tête. Je ne sais pas si j'ai déjà rencontré une personne aussi infernale et obstinée qu'elle. Pourquoi est-ce que j'aime qu'elle soit si incisive, ça me dépasse. Il y a plein de femmes qui aimeraient être avec moi, et sans que j'aie besoin de me battre, bordel !

Mais c'est peut-être pour ça que Daphne me plaît autant.

Ce n'est pas une fille facile.

Elle se fout complètement de savoir qui je suis ou ce que je possède, contrairement à beaucoup de femmes que j'ai connues.

— Monte un moment, ensuite je te raccompagnerai chez toi, lui dis-je en ouvrant ma portière.

J'espère qu'elle acceptera de venir chez moi, parce que si elle monte avec moi, elle ne sera plus si pressée de partir.

Elle me fixe un moment sans dire le moindre mot. J'imagine qu'elle va me conseiller d'aller me faire foutre et de la ramener chez elle illico. Tout ce qui sort de sa bouche le laisse croire, mais elle me surprend en répondant :

— On ne s'embrasse pas. On se parle, c'est tout. Pigé ?

— Bien sûr. Je serai un vrai gentleman.

Avant que j'aie pu sortir de la voiture, elle est déjà dehors et marche vers les nombreux ascenseurs de l'immeuble. Ses hanches se balancent à chaque pas, ses fesses remuent et me narguent en silence. Elle sait parfaitement ce qu'elle fait. Elle sait qu'elle me rend fou.

— L'ancien quartier ne te manque pas ?

Elle me tourne le dos, la tête levée vers les chiffres des étages qui défilent à mesure que l'ascenseur descend.

— Parfois.

Daphne et moi avons grandi à quelques pâtés de maisons l'un de l'autre. En ce temps-là, nos pères n'étaient pas ennemis et la vie n'était pas si compliquée. Je me souviens de Daphne avec ses cheveux bruns attachés en nattes serrées qui volaient derrière elle quand elle dévalait le quartier à vélo en terrorisant les autres enfants. Elle était imprévisible à l'époque, et elle n'a pas changé.

Elle me lance un regard de côté par-dessus son épaule et demande :

— Pourquoi est-ce que tu me regardes comme ça ?

— Je me souviens de toi petite.

Mon sourire s'agrandit.

— Tu n'as pas tellement changé.

— C'est drôle, dit-elle en se retournant au bruit des portes de l'ascenseur qui s'ouvrent.

Elle entre et avance jusqu'au fond avant de me faire face à nouveau.

— Je n'arrive pas à me souvenir de toi.

— Moi, je me souviens très bien de toi, dis-je sans la quitter des yeux. Je me rappelle le vélo rose avec lequel tu sillonnais le quartier en agressant la moitié des enfants qui se trouvaient sur ton chemin.

— J'adorais ce vélo.

Elle fronce les sourcils.

— Pourquoi est-ce que je ne me souviens pas de toi ?

— J'étais plus grand que toi, et je n'allais pas à Sainte-Catherine.

— Ah. Mais attends… Alors tu savais qui j'étais, au mariage. Je veux dire, si on a grandi ensemble, tu le savais forcément.

— La dernière fois que je t'ai vue, tu avais sept ans. Tu as quand même un peu changé depuis.

Quand les choses ont dégénéré entre mon père et le sien, on a quitté le quartier pour s'éloigner de tout ce que j'aimais, de tous les gens que j'appréciais. Ce n'est que des années plus tard que j'ai vraiment compris pourquoi on avait dû déménager.

Elle saisit ses seins et les fait remonter dans le décolleté en V de son t-shirt.

— Je n'avais pas encore ça, me répond-elle, provocatrice.

Elle sait parfaitement qu'elle me rend dingue et elle prend son pied à chaque seconde de torture qu'elle m'inflige.

Je ferme les yeux. J'aimerais que l'ascenseur monte plus vite, ou alors habiter un des étages plus bas.

— Tu as toujours une grande gueule.

CHAPITRE 10

DAPHNE

L'APPARTEMENT-TERRASSE DE LEO, au dernier étage de l'immeuble, est stupéfiant. Les fenêtres panoramiques, l'élégant parquet en bois massif, le mobilier moderne… Tout ici révèle la richesse excessive d'un propriétaire célibataire.

— Mets-toi à l'aise, me dit-il en jetant ses clés sur une table près de la porte d'entrée.

J'avance vers les fenêtres, m'imprégnant de la décadence des lieux. Les lumières de la ville scintillent loin dans le ciel sans nuage comme sur une toile de fond sans fin.

— La ville est belle, vue d'ici.

Leo se tient derrière moi et je peux sentir la chaleur de son corps dans mon dos.

— J'ai passé de nombreuses nuits à la contempler, me répond-il.

Je lui souris par-dessus mon épaule, mais je ne m'attarde pas trop longtemps. Son sourire plein d'assurance et ses lèvres pulpeuses sont comme ma propre kryptonite et me rendent presque incapable de tenir la promesse que je me suis faite d'en avoir fini avec lui.

— Je te comprends. C'est si beau.

Je reste concentrée sur l'horizon devant moi.

— Tu veux qu'on s'assoie dehors ? propose-t-il.

Je réponds *oui* précipitamment. Si on reste à l'intérieur, on s'installera sur le canapé, et la probabilité que je me retrouve sur les genoux de Leo ou dans son lit serait très élevée. Je dois maintenir une certaine distance entre nous, parce que dès qu'il m'approche, je perds quasiment toute volonté.

Leo attrape une bouteille de rouge et deux verres à vin, puis on sort sur la terrasse. Je ne compte pas rester assez longtemps pour siffler toute une bouteille, mais Leo ne semble pas s'en préoccuper. Je me pose sur une chaise près de la rambarde à l'autre bout de la table et tente de dominer mon vertige.

La meilleure ligne de conduite serait d'aller droit au but sans jamais changer de sujet.

— De quoi voulais-tu qu'on parle ?

Leo me dévisage un instant avant de servir le vin. Je le mange des yeux et remarque ses boutons de manchettes en argent qui brillent autant que les étoiles au-dessus de nos têtes. Elles doivent coûter une blinde, tout comme cet appartement de prestige.

— J'ai besoin de savoir qui nous a vus à l'aéroport.

— Tu ne vas pas…

Je me tais et survole la ville des yeux. Je ne sais pas si je dois révéler à Leo l'identité de cet homme. L'attraction que j'éprouve envers lui est indéniable, mais je ne le connais pas assez pour savoir s'il est dangereux ou non. Je le regarde à nouveau, essayant de lire dans ses yeux perçants.

— Tu sais…

— Je ne ferai de mal à personne, Daphne. Je ne suis pas mon père.

— Très bien. Il s'appelle Billy, c'est tout ce que je sais. Je ne connais pas son nom de famille ni son métier, mais il connaît mon frère et s'est empressé de l'appeler pour lui rapporter mes allées-venues.

— Je vais m'occuper de lui.

Il me tend tranquillement un verre de vin, comme s'il ne venait pas de sous-entendre qu'il allait zigouiller quelqu'un et j'écarquille les yeux, horrifiée.

— Je vais lui parler, se reprend-il.

Il secoue doucement la tête.

— Encore une fois, je ressemble aussi peu à mon père que toi au tien. Arrête de me voir comme un monstre.

Je baisse les yeux en triturant le pied de mon verre. Je me trouve idiote et ne me sens tellement pas à ma place…

— Qu'est-ce qu'on fout là, Leo ?

— On parle, répond-il comme si c'était si simple.

— Ça, je le sais ; la question c'est : pourquoi ?

Mon regard vacille vers le sien une seconde, mais le désir est si fort que je dois détourner les yeux.

— Je t'ai dit que c'était fini entre nous. J'ai l'impression d'être un disque rayé, à force de te le répéter.

— Si nos pères n'étaient pas qui ils sont, me dirais-tu toujours qu'il n'y a aucun avenir possible entre nous ?

Je ne réponds pas tout de suite. Je réfléchis à la question et à toute la situation dans ce qu'elle a de simple et de complexe. J'ai envie de lui mentir. S'il ne s'agissait que d'une attirance passagère, ce serait plus simple pour nous deux. J'aurais vraiment voulu que le fait d'avoir baisé comme des dingues nous suffise, mais ça n'a fait qu'empirer les choses, au contraire.

Je réponds en toute honnêteté :

— Je ne sais pas. Je suis très occupée. Toi aussi. Quand on se dévoue autant au travail, ça ne laisse pas vraiment de temps pour envisager l'avenir.

Il scrute mon visage et je peux sentir l'intensité de son regard.

— Qu'est-ce qui est plus important pour toi, le travail ou la famille ?

— La famille, bien sûr.

C'est tout vu. La famille l'emporte toujours sur le travail. C'est pour cette raison qu'on ferme le bar en partie les dimanches : pour éviter la moindre interruption pendant notre repas de famille. Avant, il y avait toujours un problème au bar qui réclamait notre attention.

Leo se cale contre le dossier de sa chaise et défait le premier bouton de sa chemise, dénudant juste assez de peau pour ramener mon attention vers lui.

— Est-ce que tu voudrais fonder ta propre famille, un jour ?

— Un jour, dis-je d'une voix grave, incapable de cacher ce qu'il provoque en moi. Mais pas pour l'instant.

Ses doigts s'affairent sur d'autres boutons de sa chemise.

— Donc, si on était juste Leo et Daphne, et non Conti et Gallo, on aurait une chance ?

Il sait très bien l'effet qu'il me fait. Son petit sourire narquois en dit long. Mais c'est un juste retour des choses ; je l'ai provoqué en premier dans l'ascenseur.

— Peut-être.

Je soupire et détourne les yeux.

— Qui sait… Je ne gaspille pas mon temps à penser au conditionnel quand la réalité me saute au visage tous les jours, me rappelant sans cesse que je suis une Gallo.

— Mon père m'a posé des questions aujourd'hui, confesse-t-il.

— À propos de nous ?

Je déglutis difficilement.

— Non, mais il a entendu dire que j'étais dans notre ancien quartier.

Leo passe ses mains sur son visage, essayant de dissimuler une moue que je devine sans la voir.

— Il m'a prévenu de me tenir à l'écart. Il m'a rappelé que ton père était un homme dangereux.

Je ris devant la stupidité de toute cette situation et lui lance :

— Tu vois ? Ça ne marcherait jamais entre nous.

— Peut-être, admet-il en baissant les yeux sur son verre de vin. Mais je n'ai jamais été du genre à laisser mon père dicter ma vie.

— Moi non plus.

Cela dit, ça ne veut pas dire que je ne tiens pas compte des avertissements de mon père de temps à autre.

Leo se penche en avant et pousse son verre de côté.

— Je ne compte pas laisser tomber ce qui se passe entre nous, Daphne.

Il tend son bras au-dessus de la table et pose la paume de sa main sur mon bras, me rappelant que son contact déclenche toujours les mêmes étincelles en moi.

— La vie est trop courte pour qu'on se prive de tenter notre chance.

Je le regarde. J'ai envie de dire oui, mais quelque chose m'en empêche. Je pourrai facilement tomber amoureuse de Leo – bon sang, quand je vois déjà à quel point je le désire !

— J'ai besoin de temps pour réfléchir, dis-je en espérant qu'il se contente de ces mots.

— Reste cette nuit.

— Je ne peux pas.

Mon cœur veut rester, mais je sais qu'il ne sortirait rien de bon d'une autre nuit avec Leo. Je m'enfoncerais encore plus profondément dans le pétrin, réduisant davantage ma capacité à lui résister.

— Une autre fois, alors.

Je fais non de la tête, parce qu'il n'y aura pas d'autres fois. Il ne peut pas y en avoir.

— Tu es obstiné.

Son regard devient plus intense.

— Seulement quand je sais ce que je veux.

Je fais comme si je n'avais rien entendu, même si j'ai des papillons dans le ventre et le cœur affolé.

— Je devrais y aller.

Je dois m'éloigner de lui avant qu'on se retrouve au lit et que je ne veuille plus jamais revenir à la réalité.

— Je vais te ramener au bar.

Je réponds rapidement :

— Non ! Je vais prendre un taxi.

— Il est tard et le bar est loin, Daphne. Sois raisonnable.

Mon téléphone se met à sonner dans mon sac et je me dépêche de décrocher sans même regarder qui appelle. Il est minuit passé et les coups de fil à cette heure ne sont jamais bon signe.

— Allô, dis-je en regardant Leo à l'autre bout de la table.

— T'es où, putain ? demande Michelle. Ta Jeep est là, et toi non. Angelo va péter une durite quand il va s'en apercevoir.

— Dis-lui que je serai là dans une demi-heure. Que j'ai dû aider une amie ou un truc du genre.

— Tu es avec lui ?

— Michelle…

— Daphne ; mon Dieu, aidez-moi ! commence-t-elle, prête à me faire la morale, mais je la coupe dans son élan.

— Pas un mot à mon frère. Couvre-moi.

— Je suis une piètre menteuse, me dit-elle comme si je ne le savais pas déjà. Je vais essayer de gagner du temps, mais ramène ton cul par ici au plus vite, je ne pourrai pas le divertir indéfiniment.

— Trouve un moyen. Fais-lui du charme, ou quelque chose dans le genre.

Il y a un silence à l'autre bout du fil. Puis elle répond :

— Je ferai de mon mieux.

Je balance mon téléphone dans mon sac à main et me lève.

— Je dois partir maintenant. Ça devient trop compliqué et quelqu'un est au bord de nous démasquer.

Leo me suit jusqu'à la porte.

— Alors… C'est tout ? demande-t-il.

L'expression que je vois dans ses yeux me frappe en plein cœur.

— On est tous les deux en danger. Il faut que ça cesse.

Ma voix a tremblé sur les derniers mots. Leo se rapproche.

— J'ai envie que ça se passe autrement.

Je refoule l'envie d'en dire autant. Ça ne simplifierait pas les choses et ça ne changerait rien. On peut toujours souhaiter ce qu'on veut, ça n'y fera rien. Je serai toujours une Gallo et lui un Conti, ce qui rend toute relation impossible entre nous.

Il enroule un bras autour de moi et m'attire contre lui. Il se penche en me regardant, toujours avec cette même intensité. Je fais glisser mes mains le long de ses bras et m'agrippe à lui en tenant ses merveilleux biceps.

— Au revoir, Daphne, dit-il doucement alors que ses lèvres sont à seulement quelques centimètres des miennes.

Mon regard plonge sur sa bouche. J'espère qu'il va m'embrasser.

— Au revoir, Leo, dis-je dans un murmure avant de planter à nouveau mes yeux dans les siens.

Il me dévisage et tout l'oxygène s'évapore de son grand appartement. Ma respiration devient superficielle tandis que j'attends le moment où ses lèvres toucheront les miennes, priant pour qu'il m'embrasse une dernière fois. Je n'ai pas à patienter longtemps avant qu'il se penche en me resserrant contre lui et qu'il plaque ses lèvres sur les miennes.

Le peu d'air qu'il me restait disparaît. Son baiser est fougueux, brutal, et me tend de plaisir jusqu'aux orteils. À voir comment sa langue s'enroule autour de la mienne, ce n'est pas un baiser d'adieu. Ça ressemble plus à la promesse de m'en donner toujours plus et que ce soit toujours meilleur.

Je m'écarte de lui et de sa bouche avant qu'il ne soit trop tard et que je n'ai plus assez de volonté pour franchir la porte. Mon emprise se resserre sur ses bras pour le maintenir à distance le temps de reprendre mon souffle.

Il me regarde en respirant aussi bruyamment que moi, sans dire un mot. Je n'arrive pas à me résoudre à lui dire au revoir à nouveau, mais il faut que je parte. Je recule en silence et attends le dernier moment pour retirer mes mains de lui et ouvrir la porte. Leo reste planté dans l'entrée tandis que je recule dans le couloir sans le quitter des yeux, avant de lui tourner le dos et de me diriger vers l'ascenseur.

Pourquoi est-ce si difficile de lui dire adieu ? Je ne suis pas amoureuse de lui, mais le désir est là, totalement indéniable.

Il y a une semaine, je connaissais à peine son nom. Et maintenant… Maintenant, j'ai l'impression de l'avoir dans la peau.

CHAPITRE 11
DAPHNE

UN MOIS PLUS TARD.

— Daphne ! crie Vinnie depuis la pièce d'à côté, me faisant faire un bond. Je suis rentré !

Ça fait un mois que Vinnie est retourné à l'université et que j'ai dit au revoir à Leo. Ces trente derniers jours ont été les plus longs de ma vie. Leo a fait livrer chez moi deux douzaines de roses rouges tous les deux ou trois jours, avec une carte portant seulement la lettre L. Ces fleurs me rappellent constamment ce que notre relation aurait pu être si seulement j'avais dit oui ; mais je suis convaincue d'avoir pris la bonne décision, même si je l'ai fait à contrecœur.

Je lâche l'oreiller que je tenais dans les bras et me précipite vers le salon.

— Vinnie !

Je me jette à son cou et couvre son visage de baisers,

ravie qu'il soit là. J'espère aussi qu'il va me sortir Leo de la tête pendant quelques jours.

— Hey !

Vinnie m'entoure de ses gros bras, me décolle du sol et nous fait faire un tour sur place.

— Je savais que j'allais te manquer, plaisante-t-il.

— Salaud ! dis-je en riant.

Il recule sa tête dans un mouvement brusque, l'air contrarié.

— Qu'est-ce que j'ai fait, encore ?

— Ça fait un mois que tu es parti. Tu nous as tous manqué.

Je le serre dans mes bras encore une fois avant de retrouver la terre ferme.

Il se marre en secouant la tête et ses charmantes fossettes se creusent.

— Tu sais où me trouver, frangine.

Il a beau être en troisième année, je ne me suis toujours pas habituée à ses absences. Pendant la saison de foot, il n'est presque pas rentré, à cause des interminables séances d'entraînement et des heures qui rendent le voyage de retour exténuant.

— Tu as l'air encore plus massif qu'avant.

Je recule d'un pas et l'observe.

— Un de ces quatre, tu vas être tellement épais que tu vas finir par ressembler à un de ces gars aux têtes minuscules de *Beetlejuice*.

Il est presque aussi grand qu'Angelo et Lucio. Il a

les mêmes sourcils qu'eux, couleur café, mais ses cheveux sont comme les miens, avec des mèches caramel et brun chocolat. Ses bras sont encore plus balèzes qu'avant, plus gros et mieux dessinés. Il ressemble plus à un homme qu'à un jeune de son âge.

— Bettle-quoi ?

— Laisse tomber.

Je secoue la tête. J'aurais aimé qu'il élargisse son horizon cinématographique au-delà de *Fast and Furious*.

— La ferme ! me répond-il, provocant.

Il me montre ses bien trop gros muscles en les contractant plusieurs fois.

— J'ai fait de la musculation pour le foot.

— Heu, oui ; ça se voit.

Je fais mine de le chasser, puis je me moque de lui en hissant mes épaules le plus près possible de mes oreilles comme Hulk. Je prends une grosse voix bien macho et demande, en marchant d'un pas raide à travers l'appartement comme une idiote :

— De quoi j'ai l'air ?

Le V parfait que dessinent ses lèvres en leur milieu s'aplatit. Il croise les bras sur sa poitrine et me fusille de ses yeux verts éclatants.

— D'une idiote.

— C'est comme si tu te voyais dans un miroir, hein ?

Je continue à faire l'imbécile en gloussant et Vinnie ne peut pas s'empêcher de rire à son tour.

— Est-ce que tu vas me faire chier tout le week-end ?

— Je suis sûre que tu es le type le plus balèze du campus. Alors il faut bien que quelqu'un te fasse redescendre sur Terre, petit frère.

Je m'éloigne vers la chambre que j'ai préparée pour lui.

— Viens. Installe-toi. Je dois aller au boulot.

Il s'appuie au chambranle de la porte et m'observe finir de faire le lit d'appoint.

— Tu as perdu du poids, dit-il doucement sans me quitter des yeux.

— C'est le genre de compliment que tu as l'habitude de faire aux dames ? Parce que tu vas rester célibataire toute ta vie, avec des déclarations pareilles.

Je tape l'oreiller et le jette contre la tête de lit.

— Non. Tu es belle, frangine. Je me demande juste pourquoi tu as perdu du poids.

Je pose mes mains sur mes hanches et le toise.

— Je me suis mise au sport. Pourquoi ?

Je marche vers lui et il lève les mains en l'air.

— C'était juste une remarque. Du moment que tu vas bien et que tu ne fais pas une grève de la faim jusqu'à peser le poids d'un haricot, comme après l'incident avec Tommy Pasquale…

Je souffle une bouffée d'air pour repousser une

mèche de cheveux qui était tombée devant mes yeux pendant ma lutte acharnée avec le drap-housse ; j'ai cru que je n'arriverais jamais à l'ajuster au matelas.

— Défais tes affaires et installe-toi, lui dis-je avant de sortir de la chambre en le frôlant.

Je ne suis pas d'humeur à remuer le passé avec mon petit frère, et je ne compte pas non plus lui avouer que mes adieux à Leo m'ont en partie brisé le cœur.

— Je dois aller bosser.

— OK.

Il me suit dans le salon et s'étire, essayant de réprimer un bâillement.

— Je vais venir filer un coup de main au bar, ce soir.

Je le regarde estomaquée parce que d'habitude, Vinnie ne veut jamais travailler.

— Vraiment ?

— Je pourrais t'aider un peu, pour te soulager.

La mâchoire m'en tombe et je le regarde en clignant des yeux, me demandant si j'ai bien entendu.

— Tu peux répéter ?

— Je pourrais t'aider un peu, pour te soulager.

La seule chose qui pourrait pousser Vinnie à vouloir bosser, c'est le cul. C'est son moteur dans la vie. Enfin, avec le foot, pour être exact.

— Si tu as l'intention de te taper une femme du genre pilier de bar, ne pense même pas à la ramener ici. Si tu viens pour bosser, d'accord, mais ne vois pas le bar comme un buffet de meufs.

— Allez, frangine... plaide-t-il avec un visage innocent.

Ses fossettes se creusent et le rendent adorable, alors qu'il est loin de l'être.

Vinnie a toujours été source d'embrouilles, mais généralement, Angelo et Lucio ramassent à sa place parce que les gens voient Vinnie comme un ange. C'est un fauteur de trouble ; c'est écrit sur son visage, mais à part nous, personne ne semble s'en apercevoir.

— Garde ça dans ton pantalon, dis-je en pointant sa braguette du doigt. On n'a pas besoin qu'une poufiasse du quartier essaie de se faire sauter par le grand Vinnie Gallo. Compris ?

— Si je trouve quelqu'un, je promets de porter une tenue imperméable.

Je mime un haut-le-cœur exagéré mais j'adore mon petit frère. Toujours est-il que le fait d'imaginer une fille coucher avec lui est carrément dégueu.

— Prends tes précautions, c'est tout. Ça serait dommage que tu doives abandonner tes études à cause d'une baise rapide en passant.

— Rapide ?

Un rictus se dessine sur ses lèvres.

— Je ne suis jamais rapide.

— Ta gueule.

Je lui donne un coup amical à l'épaule.

— Comment va *Ma* ?

— Plus barjot que jamais. Tu verras.

— Elle m'a manqué, avoue-t-il avec un sourire tendre.

— Eh bien, tu auras ton compte ce week-end.

Vinnie regarde alentour et je me rends compte que je n'ai pas jeté les fleurs de la semaine dernière, ni les bouquets de celle d'avant. Les roses sont fanées, elles sont affreuses.

— Tu plais à quelqu'un. Tu as des choses à me dire ?

Je roule mes yeux sous mes paupières.

— Non. Un ami me les a offertes.

— Je n'envoie pas de fleurs à mes amis, répond-il avec un sourire narquois.

Je change de sujet et lui lance :

— Il faut que j'aille au bar.

Il bâille en regagnant sa chambre, s'étire et s'effondre sur le lit.

— Je vais fermer les yeux deux minutes et ensuite je te rejoins.

Je murmure :

— Bien sûr.

Vinnie est connu pour ne pas tenir ses promesses – il a au moins ça en commun avec mon père.

— Je viendrai, je le jure devant Dieu. Ne me prends pas la tête. La route était longue.

Il dit vraiment de la merde. Sa fac est à deux heures de route d'ici, à tout casser. Ce n'est une longue route aux yeux de personne.

— Salut.

Je ferme la porte et le laisse dans les bras de Morphée.

Je n'ai pas mis deux pieds à *Accro & Tumulte* qu'Angelo me demande depuis l'autre bout du comptoir :

— Vinnie est bien arrivé ?

— Ça dépend de ce que tu entends par bien arrivé.

Il regarde en l'air un moment puis hausse un sourcil.

— Est-ce qu'il est vivant, au moins ?

— Oui, oui. Il est vivant et fait la sieste.

Je fourre mon sac sous le comptoir. J'aimerais tellement faire la sieste, moi aussi…

Angelo replonge le nez dans une pile de papiers. Il parcourt une feuille en faisant glisser son stylo dessus avant de passer à la suivante.

— C'est ça, l'effet que ça fait, l'université ?

— Quoi ? La fainéantise ? Je ne crois pas, putain !

— Ce doit être un truc d'athlète, dit Lucio qui a entendu notre conversation, en s'approchant du comptoir.

— Je suis sûre qu'ils sont indulgents avec lui parce que c'est la vedette de l'équipe de foot, dis-je au souvenir de son parcours déplorable au lycée. Ce n'est pas juste, mais c'est toujours comme ça avec lui.

— C'est déjà bien qu'il sache lire et écrire, avec tous les devoirs dont il a été dispensé, dit Lucio en riant. Cette petite bite…

— En parlant de petite bite, intervient Angelo en adressant à Lucio un sourire en coin. Comment va Madame ?

Je m'éloigne alors qu'ils se mettent à discuter de la lune de miel. Je ne sais pas à quoi ça peut ressembler. Au point où j'en suis dans ma vie, je n'ai pas la moindre idée de ce que veut dire nager dans le bonheur, et je ne le saurai peut-être jamais.

— Tino ! crient quelques habitués quand mon père entre en grande pompe par la porte principale.

Il se promène dans la foule en serrant la main de ses amis comme une célébrité. Puis il me rejoint.

— Salut poupée ! Comment vont les affaires, ce soir ?

Ça fait un mois qu'il est de retour, et il n'a pas bossé une seule heure au bar bien qu'il soit tenu de le faire dans le cadre de sa libération anticipée.

J'attrape un verre en essayant de répondre sobrement.

— On est débordés, papa, comme d'hab. Tu veux donner un coup de main ?

Il recule d'un pas et s'éclaircit la gorge.

— Ce soir, je ne peux pas, Daphne. J'ai un programme chargé.

Je marmonne :

— Oui. Ça m'en a tout l'air.

Il passe une main dans ses cheveux poivre et sel et hausse une épaule.

— Bon, je devrais aller voir ce que fait ta mère.

J'acquiesce parce que de toute façon, quoi que je dise, il ne mettra pas la main à la pâte. Inutile de dépenser ma salive.

— Elle est dehors, au fond.

— Ne t'inquiète pas, me dit Michelle en fourrant un pourboire dans sa poche. Il prend ses marques.

— Est-ce que ton père se conduisait comme ça quand il est sorti de prison ?

— Au début, il n'était plus lui-même ; et puis il est rentré dans le moule, petit à petit, répond-elle en vérifiant son maquillage dans le miroir, derrière le comptoir.

Mon père n'est jamais rentré dans un moule.

Il avait un mode de vie bien à lui.

Et je parie qu'il va retomber dans ce même mode de vie – celui qui lui a valu des séjours en prison dès le début – malgré sa remise de peine pour bonne conduite.

Je me laisse couler dans la routine, vérifie auprès des clients que tout se passe bien, bavarde avec les habitués à propos de la vie, du sport et des ragots croustillants du quartier. Les heures passent et Vinnie est toujours hors de vue, alors que le bar est plein à craquer et que l'alcool descend deux fois plus vite que d'habitude.

Michelle me suit dans la réserve et s'effondre sur une caisse de vodka.

— Tu as une sale tête, me balance-t-elle sans détour alors que j'attrape une bouteille de téquila sur l'étagère du haut.

— Merci.

Je lui adresse un sourire hypocrite. Je suis bien consciente d'avoir une sale tête.

— Et si on sortait, demain ? Tu as besoin de t'amuser un peu. Ça fait un mois que tu tires la gueule, et je ne vais pas pouvoir supporter ça encore longtemps.

— Mais je m'amuse beaucoup, et pour ta gouverne, je ne tire pas la gueule.

— Bien sûr, répond-elle en gloussant. Tu es un vrai bout en train.

Elle se triture les ongles en faisant la grimace.

Je répète, sur la défensive :

— Je m'amuse beaucoup, je te dis. On doit retourner bosser.

— Bosser n'est pas s'amuser. Viens avec moi demain et je te montrerai ce que c'est de s'amuser vraiment.

Elle me met au défi pour me faire céder.

— Vinnie peut te remplacer.

Là, je tombe dans le piège. Si Vinnie me remplace…

— OK, je suis de la partie.

J'ai le ventre en déconfiture rien qu'à l'idée de la

terrible gueule de bois que je vais me payer quand elle aura fini de me montrer sa façon de s'amuser.

Elle se frotte les mains en souriant.

— Je sais déjà ce qu'on va faire. On va te trouver un beau morceau pour te faire oublier Leo.

Je blêmis. Je n'ai aucune envie d'un coup d'un soir choisi au hasard.

— Je n'ai pas besoin d'un beau morceau de quoi que ce soit, et ça fait bien longtemps que j'ai oublié Leo.

Elle a une moue sceptique.

— Tu as vraiment besoin d'un mec. Et ne me prends pas pour une idiote, tu es aigrie depuis le jour où tu lui as dit au revoir.

Je lève les mains en l'air en signe de capitulation et m'éloigne dans le couloir en la laissant seule. Je n'ai pas fait deux mètres qu'elle me met une main au cul.

Je pousse un cri et lui lance un regard noir par-dessus mon épaule.

— Oh oui, t'as besoin d'un bon coup, me dit-elle en riant.

— Vinnie ! s'écrie Angelo quand le jeune prodige entre dans le bar juste au moment où je reviens de la réserve.

Vinnie le salue d'un signe. On dirait mon père, ça fait flipper. Il ne serre pas toutes les mains comme Santino, mais il a le même air imbu de lui-même quand il agite sa main comme s'il saluait une audience de fans.

Les gens se mettent à parler à voix basse de ce gamin qui est allé à la prestigieuse école préparatoire de St Ignatius et a contribué à la victoire du championnat d'État, qui fait la gloire du quartier. Maintenant, tous les samedis pendant la saison de foot universitaire, tout le bar vibre au rythme des matchs de Vinnie. Tout le monde a les yeux rivés sur l'écran et pousse des cris d'encouragement dès qu'il traverse le terrain, la balle dans les bras, en courant comme s'il avait les flics au cul.

Ma mère se précipite vers lui.

— Oh, mon bébé !

Elle prend son visage dans ses mains, puis commence à le couvrir de baisers à peu près comme je l'ai fait moi-même.

— Tu es magnifique, dit-elle en s'extasiant.

Vinnie devient rouge comme une tomate, mais il ne bouge pas et la laisse l'embrasser.

— Tu m'as manqué, maman.

— Laisse-moi te regarder, dit-elle en prenant un peu de recul tout en gardant ses mains sur ses joues. Tu as l'air en pleine forme, mon fils.

— J'ai fait de la muscu, répond-il et, instantanément, il contracte ses muscles en bon abruti qu'il a toujours été et sera probablement toujours.

Elle essaie un instant d'entourer ses biceps avec ses mains, tirant la langue comme si elle tentait l'impossible.

— Je vois ça ! Mes doigts ne se touchent même pas autour de tes gros bras !

— *Ma*, c'est le cas depuis que j'ai douze ans.

J'interviens avant qu'elle fasse encore autre chose d'embarrassant :

— Enfin ! Tu es prêt à te mettre au boulot ?

Il m'adresse un regard noir en biais.

— S'il le faut… répond-il sur le ton pleurnichard qu'il prend dès qu'il s'agit de fournir le moindre effort.

— Aux dernières nouvelles, tu es toujours copropriétaire de ce bar.

— Je suis la vedette, répond-il en levant le menton avec impertinence. Vous n'êtes que des badauds.

— Peu importe.

J'attrape un torchon qui traîne sur le comptoir et le lui lance. Il s'écrase sur le côté de son visage.

— Merci, marmonne-t-il à travers le chiffon avant de le retirer de sa tête. Cela dit, je suis plutôt barman.

— Nettoie les tables, lui dis-je en passant derrière le bar. Elles sont dégueulasses.

Il me rejoint et baisse le ton :

— Où sont toutes les femmes ?

— Elles se dévergondent ailleurs.

— Merde, grince-t-il. J'espérais m'amuser un peu ce week-end.

— Oh, je suis sûre qu'une bimbo vulgaire se pointera à un moment ou un autre. La rumeur de ta présence ici court déjà.

Il retire son portable de sa poche et s'entraîne à faire des mimiques de dragueur devant l'écran.

— Peut-être que ça attirera des filles dans mon filet.

Son ego a explosé. Il a pris la grosse tête.

— T'inquiète, beau gosse. Tu es parfait. Tu n'as même pas un cheveu qui dépasse.

Il m'ignore et se met à parler à la caméra :

— Salut les filles ! Je suis de retour en ville, dans mon bar *Accro & Tumulte*. Venez m'y rejoindre ce soir. Et si vous avez de la chance, vous me verrez peut-être faire des pompes.

Il termine par un clin d'œil et pianote sur son écran. Je murmure :

— Tu es incroyable…

— C'est ce qu'elles disent toutes, lance-t-il en riant.

Je secoue la tête et me contente de m'éloigner.

CHAPITRE 12
DAPHNE

JE SUIS à peine réveillée et il est déjà midi. Je n'ai pas encore fini ma tasse de café quand Vinnie passe la porte d'entrée avec un immense sourire sur le visage. Il avance vers la cuisine à grandes enjambées. Il porte les mêmes vêtements qu'hier soir, peut-être juste un peu plus froissés. Il s'assoit sur le tabouret de bar en face de moi et pose ses mains à plat sur le comptoir de granite.

— Comment vas-tu, ce matin ?

Je grommelle dans mon mug :

— Je ne sais pas encore ; il est trop tôt pour y réfléchir.

Je n'ai jamais été très matinale, et c'est sûrement pour ça que travailler au bar me convient si bien. Je peux faire la grasse matinée autant que je veux sans jamais avoir besoin de mettre un réveil. Mon frère est apparemment un lève-tôt, sans quoi il ne serait pas si gai à cette heure-ci.

Il contemple son reflet dans le comptoir laqué.

— Pour moi, tout va à merveille !

Il me jette un coup d'œil et recommence à s'admirer.

— Merci de demander.

Je murmure :

— Enfoiré.

— Quoi ?

— Rien.

— Donc… J'ai parlé avec Michelle, hier soir.

Ma tasse est à mi-chemin entre le bar et ma bouche quand je me fige.

— S'il te plaît, dis-moi que tu n'as pas couché avec elle.

— Elle m'a dit qu'elle voulait t'emmener en soirée. Que tu avais besoin de te changer les idées, de faire autre chose que bosser, et puisque je suis en ville… poursuit-il sans me dire s'il a cherché à se taper Michelle ou non.

Il plante alors son regard dans le mien et me dit une chose à laquelle je ne m'attendais vraiment pas :

— Je vais prendre votre quart au boulot pour que vous puissiez avoir votre soirée.

Je pose ma tasse. J'essaie de comprendre ce qui tient debout dans tout ça. Vinnie n'est jamais du genre à se porter volontaire pour quoi que ce soit.

— Vinnie, je t'aime beaucoup, mais…

Ma voix s'éteint.

Je réfléchis. Le bar est en partie à lui et ce serait bien qu'on ne soit pas les seuls à y consacrer du temps. Il empoche du fric tous les mois, grâce aux bénéfices ; il pourrait aussi bien mériter un peu cet argent.

— Je pense que tu as raison. C'est une excellente idée.

La mâchoire lui en tombe.

— Vraiment ?

— Vraiment.

Je n'ai pas particulièrement envie de faire la fête avec Michelle, mais je pense qu'il serait bon qu'il voie ce que ça fait d'être à notre place.

— Bon, alors d'accord, répond-il rapidement.

Je lui laisse une chance de se désister et m'attends à ce qu'il le fasse :

— Tu es sûr ?

— Parfaitement. Hier soir, c'était du gâteau. Je suis sûr que ce sera pareil ce soir.

Je ne prends pas la peine de lui dire qu'il y a beaucoup plus de monde le samedi que le vendredi. La nuit dernière, les gens ont commencé à rappliquer en entendant dire qu'il était là. Ce soir, ça sera pire. Mais Vinnie s'en est sorti sans broncher la veille, alors…

Toutes les femmes des alentours, les jeunes comme les vieilles, viendront sûrement pour entrevoir Vinnie

Gallo – le Dieu du foot, l'Italien aux yeux verts et à la peau mate et cristalline.

— Tu es malin. Je suis sûre que tu t'en sortiras.

Je dis ça pour le rassurer, même si je n'en suis pas convaincue.

Il couvre sa bouche en réprimant un bâillement.

— Je vais m'allonger un peu. Ces filles m'ont épuisé, cette nuit.

— Ces filles ?

— Trois, déclare-t-il avec un sourire satisfait.

Inutile de le sermonner sur le fait de coucher avec des clientes. De toute façon, Vinnie fait ce qu'il veut, quand il veut, comme il veut. On lui a tous dit ce qu'on avait à lui dire sur la sexualité. Le reste lui appartient.

— Va te reposer. Tu devras être en forme ce soir.

— Oh, je le sais, répond-il en se frottant les mains tandis que ses fossettes ses creusent. J'attends le deuxième round !

J'écarquille les yeux. Ce qu'il fait, les gens qu'il voit, tout ça ne devrait plus me surprendre.

— Deux nuits d'affilée avec les mêmes filles ?

— Oh que non ! C'est la variété qui pimente la vie.

— Ravie de voir que tu as le sens des priorités, lui dis-je alors qu'il marche vers sa chambre.

Il se retourne en tenant la porte par la tranche.

— Trouve quelque chose de joli à te mettre ce soir et maquille-toi. Michelle te réserve de grands projets.

Il referme la porte avant que j'aie pu répondre et je

l'entends rire de l'autre côté de la cloison. Je marmonne :

— Quels enfoirés, tous les deux !

Qu'est-ce que ces deux-là ont bien pu manigancer dans mon dos ? J'envoie un message à Michelle pour en savoir plus. À peine a-t-elle lu le texto qu'elle m'appelle.

— Allô ?

— Oh mon Dieu, Daphne... Je te prévois une soirée du tonnerre !

— Ah oui ? dis-je en essayant de paraître enthousiaste.

— Mais oui !

Alors qu'elle bavarde au sujet de cette incroyable soirée en perspective, je me regarde dans le miroir en suivant du bout des doigts les cernes qui soulignent mes yeux.

— À quelle heure comptes-tu sortir ?

— Je passe te prendre à neuf heures. Et habille-toi bien, porte une robe ou cette putain de jolie mini-jupe noire que tu as mise de côté au fin fond de ton placard.

— J'ai des fringues sexy.

— Tu ne les portes plus depuis que tu as fait une croix sur Leo. Et puis, une chemise en flanelle et un jean n'ont rien de sexy, à moins d'être bûcheron. Tu ne fais plus l'affaire. Tu t'enfonces dans la routine, ma chérie.

Je baisse les yeux et tire sur le bord de ma chemise rouge préférée.

— Je me trouve très sexy. Et toi aussi, tu portais une chemise en flanelle hier soir.

— Fais-toi belle, c'est tout ce que je te demande. Sinon, je choisirai tes fringues tout à l'heure.

Je grogne :

— Très bien…

— Hey, Daphne, dit-elle avant que je raccroche.

— Oui ?

— Rase-toi.

Elle raccroche avant que j'aie pu lui demander ce que ça peut bien faire, puisque je n'ai pas l'intention de coucher avec qui que ce soit.

———————

Quand j'ouvre la porte d'entrée, Michelle pousse un cri de surprise.

Je ne sais pas comment, mais j'ai réussi à rentrer dans ma jupe droite favorite sans tomber, et toutes mes formes sont moulées aux bons endroits. J'ai un peu l'impression d'être à nouveau la Daphne d'avant. Celle qui ne faisait pas la gueule pendant un mois en essayant de faire comme si Leo Conti n'existait pas.

— Wahou !

Elle me regarde de la tête aux pieds. Je porte les plus jolies chaussures noires à talons hauts qui soient.

— J'ai assuré ?

Je touche mon décolleté et regrette aussitôt le

soutien-gorge à balconnet que j'ai acheté la semaine dernière ; mes seins paraissent démesurés.

— Tu es toi-même à nouveau, dit-elle avant de siffler d'admiration. Il y en a un qui va avoir de la chance.

Je répète, parce qu'elle n'a pas l'air de me croire :

— Je ne coucherai avec personne ce soir, Michelle.

— Tu t'es rasée ?

Elle attrape mon bras et le lève en l'air, mais je le retire vite.

— Ouf, dit-elle. Mais est-ce que tu t'es rasée partout ?

— Pourquoi est-ce que je devrais me raser partout si je ne couche avec personne ?

— Parce que tu as grand besoin d'une bonne queue, et qu'aucun homme ne veut d'une grosse touffe.

Je lève les yeux au ciel. La nuit va être longue...

———————

Trente minutes plus tard, on est dehors à faire la queue devant une boîte de nuit des quartiers nord.

— C'est quoi, cet endroit ?

— C'est la boîte la plus branchée qui soit, répond-elle en se mettant du gloss à lèvres pour la dixième fois depuis qu'on a quitté la voiture.

— Ça ne ressemble pas vraiment à une boîte de nuit.

Je lève les yeux ; l'immeuble a plutôt l'air de tomber en ruines.

— Regarde la file d'attente, dit-elle en montrant les gens derrière nous, son rouge à lèvres toujours à la main. Voici la preuve. Les apparences sont parfois trompeuses. Comme quand tu portes ta chemise en flanelle : tu as l'air mal fagotée, mais tu rafles la mise.

— Fais gaffe à ce que tu dis. Je suis toujours jolie. C'est juste que je n'ai pas besoin de me pomponner tous les jours pour Johnny et les gars du bar.

— On ne sait jamais qui va franchir la porte, princesse. Et tu ne rajeunis pas. Arrête de penser sans cesse à un type que tu ne peux pas avoir et cherches-en un avec qui tu peux faire un bout de chemin.

— Michelle, poupée, tu m'as manqué, lui dit le videur, ce qui me prend complètement au dépourvu.

Je n'ai jamais mis les pieds ici mais apparemment, Michelle y est venue suffisamment pour être pote avec ce type.

— Salut beau gosse, répond Michelle, aguicheuse, avant de l'embrasser sur la joue. Ça fait un moment que je ne t'ai pas vu.

— Pas de mec, ce soir ? demande-t-il.

De mec ? Je ne me souviens même pas de la dernière fois où Michelle a eu un petit ami, ça doit faire au moins un an. Ce club n'existait même pas, à l'époque.

— Juste ma cop.

Elle me donne un coup d'épaule.

— Bon, vous avancez, oui ? crie quelqu'un derrière nous.

Le videur lance un regard furieux vers le trottoir et détaille la foule en plissant les yeux.

— Les gens du coin sont très agités, ces temps-ci. Soyez prudentes là-dedans. Si vous avez besoin de quoi que ce soit, appelez-moi.

Michelle acquiesce et passe les portes en me poussant devant elle, avant que les gens se mettent à nous jeter des trucs derrière la tête.

— La vache, ils sont féroces, ceux-là, dit-elle alors qu'on marche dans un couloir sombre éclairé à son extrémité par une faible lumière.

Le bruit sourd des basses secoue les murs autour de nous. Je demande :

— Comment se fait-il que je n'aie jamais rencontré ton pote ? Et qui est le mec avec qui tu viens ici ?

— Marche plus vite, me dit-elle en me tirant par le bras, ignorant mes questions. On va tout rater.

Quand on arrive dans la lumière, je suis aveuglée pendant un moment. Je couvre mes yeux de mes mains et cligne des paupières quelques fois, essayant d'acclimater ma vue. J'écarte doucement mes doigts et découvre la salle.

— Oh putain !

— Allez, viens ! articule-t-elle sans que je puisse entendre sa voix avec un si fort volume.

On se met à marcher, et je dois me cogner dans pas

moins de vingt personnes, mais tout le monde s'en fout. Les gens dansent, grisés par la musique, l'alcool et probablement par toutes sortes de drogues. Ils sont trop torchés pour réagir, quand bien même je les fais presque tomber.

Quand on arrive au bar, Michelle lève deux doigts à l'attention du barman, comme une habituée.

— Tu aimes ? me hurle-t-elle à l'oreille en avançant son menton vers la piste de danse.

Je hausse les épaules. Je ne sais pas encore quoi en penser. Cet endroit me tord la tête. De l'extérieur, il a l'air délabré, alors qu'à l'intérieur c'est tout le contraire.

Dispersées dans la salle, d'énormes colonnes servent de piédestaux à des femmes quasiment nues qui se tortillent dans des cages. Le box du DJ à l'autre bout est éclairé par des lumières rouges et rempli d'une petite foule qui saute en rythme. Il doit y avoir facilement un millier de personnes là-dedans.

Michelle tapote mon bras et me tend un verre de martini rempli d'un liquide pourpre. Je ne demande même pas ce que c'est, de toute façon, je ne pourrais pas entendre un mot de la réponse. Elle pousse le verre contre mes lèvres.

— Bois-le, dit-elle, ou du moins d'après ce que je devine qu'elle dit, parce que je ne l'entends toujours pas.

Un parfum de mûre emplit ma bouche quand je prends ma première grande gorgée. Mon ventre est secoué par les vibrations des musiques qui s'enchaînent pendant que je sirote mon martini.

Michelle me montre la piste de danse d'un signe du pouce et me somme de finir mon verre. Sur mes talons trop hauts mais trop beaux, j'avance tant bien que mal vers la piste et siffle la dernière goutte de martini avant de poser mon verre vide sur une table au hasard. Je pose un pied sur le sol noir brillant ; la foule est si dense que je ne vois même pas l'autre bout de la piste.

Je n'ai jamais prétendu être une super danseuse, mais là, avec le rythme enivrant et l'éclairage feutré, je me sens sexy à nouveau. Je remue mon corps, mes mouvements sont fluides. Je danse autour de Michelle qui se trémousse comme je ne l'ai plus vue faire depuis le bal de fin d'études.

Je suis écarlate et couverte de sueur, mais je mets ma gêne de côté et continue à danser avec Michelle. Elle se régale et fait même des figures au sol comme dans les clips.

Quand le morceau se termine et que le groupe autour de nous applaudit, on fait une révérence, on éclate de rire et on quitte la piste en courant comme des gamines. On zigzague vers un autre couloir où on ralentit notre course. Il débouche sur une cour immense.

— Et si on prenait un peu l'air ici en buvant un autre verre ?

Des arbres tropicaux sont alignés dans le patio et des

lumières blanches scintillent au-dessus de nos têtes sur fond de ciel étoilé.

— J'ai besoin de m'asseoir, dis-je après avoir repéré la seule table libre du patio.

J'avance en jouant des coudes ; je commence à avoir des ampoules, pas besoin de regarder pour le savoir, et la peau sur mes tendons d'Achille est dans un sale état.

— Trouve une chaise, je m'occupe des boissons, me dit Michelle avant de s'éloigner.

Je reste immobile un instant à la regarder se diriger vers le bar, puis je recommence à me frayer un chemin. Je n'ai pas fait plus de trois pas quand je percute une masse immense, un type balèze.

Je bascule en arrière, prête à tomber par terre, mais deux mains fortes me retiennent par les bras.

— Désolée, dis-je en levant les yeux pour tomber nez à nez avec l'homme que j'étais venue oublier.

Et merde.

CHAPITRE 13
LEO

— LEO, dit-elle les yeux écarquillés. Qu'est-ce que tu fais là ?

— Je connais le propriétaire et je me suis arrêté pour une rapide réunion.

Je mens, parce que je ne tiens pas à ce qu'elle sache que je l'ai pistée.

Je connais vraiment le propriétaire, mais ma présence au club n'a rien à voir avec le boulot et tout à voir avec elle.

J'ai pris un gros risque. Je suis allé à *Accro & Tumulte* en espérant que personne ne me reconnaisse, et j'ai filé cent dollars à une serveuse pour qu'elle me dise où était Daphne. J'y étais allé dans l'intention de lui parler, mais quand j'ai appris qu'elle était sortie pour la soirée, j'ai sauté sur l'occasion.

— Oh. Bon, dit-elle en regardant ses pieds. Je ne veux pas te retenir.

Je lui demande comment elle va pour essayer d'engager la conversation et prendre la température.

— Très bien, vraiment, répond-elle en m'adressant un sourire forcé. Et toi ?

— Bien.

Nous nous dévisageons dans un silence embarrassant. Elle est tellement belle… Ce mois sans la voir a été plus dur que je ne l'aurais cru. Je lui ai envoyé des fleurs régulièrement pour qu'elle ne m'oublie pas et qu'elle sache que je pensais à elle.

— Est-ce que je peux t'offrir un verre ?

Daphne jette un coup d'œil par-dessus son épaule et en suivant son regard, je tombe sur Michelle.

— Il ne vaut mieux pas, répond-elle.

J'avance une main et repousse une mèche de cheveux derrière son épaule en touchant sa peau du dos de mes doigts. Elle ne recule pas et je sais qu'elle lutte intérieurement autant que moi. Je demande en suppliant :

— Un seul…

Daphne se retourne encore pour observer son amie.

— Michelle ne t'aime pas beaucoup.

— Eh bien, ça tombe bien : je ne suis pas intéressé par Michelle. Assois-toi s'il te plaît. Je reviens tout de suite.

Je lui indique une chaise à une table près de nous.

— Fais vite, dit-elle en s'assoyant et en s'appuyant au dossier de la chaise.

Dès que je commande nos boissons, Michelle me rejoint. Elle tapote son verre du bout des ongles.

— Tu ne me plais pas, déclare-t-elle, confortant les dires de Daphne.

— Je sais.

— Tu es dangereux.

— Je ne le suis pas.

Je reste calme, sachant que sans l'aval de la meilleure amie, je n'ai aucune chance auprès de Daphne.

— Mon père l'est peut-être, tout comme celui de Daphne, mais je ne suis pas dangereux.

Michelle me mesure du regard.

— Quelles sont tes intentions envers ma meilleure amie ? demande-t-elle en haussant un sourcil et en inclinant la tête.

— Mes intentions ?

Elle acquiesce.

— Est-ce que tu joues avec ses sentiments ? Tu la manipules ?

— Ni l'un ni l'autre.

Je me tourne vers Michelle et pose un coude sur le bar.

— T'est-il déjà arrivé de rencontrer une personne et de la désirer d'une force tellement démesurée que tu ne peux même pas l'expliquer ?

— Eh bien, peut-être, répond-elle en se tortillant, le verre à la main, en regardant par terre.

Tout ce qu'il me reste à faire, c'est de jouer cartes sur table.

— Écoute, je sais qu'il y a un million de raisons qui font qu'on ne devrait pas être ensemble, mais aucune ne compte à côté de ce que je ressens pour elle.

Michelle relève le menton et me regarde.

— Et que ressens-tu ?

Je n'ai pas l'habitude de parler de mes sentiments, et encore moins à quelqu'un que je ne connais pas. Mais je sais que si je veux avoir la moindre chance avec Daphne, Michelle est la clé. Alors mieux vaut être honnête et parler à cœur ouvert.

— Je l'aime.

Les mots sortent de ma bouche sans effort. Peut-être parce que je ne suis pas en face de Daphne, et qu'il est plus facile de l'avouer à sa meilleure amie.

— Je sais que c'est fou. On se connaît à peine, mais…

— Non, me coupe-t-elle. Ce n'est pas fou.

Je suis abasourdi par sa réaction.

— Je connais Daphne depuis toujours et je ne l'ai jamais vue craquer comme ça pour quelqu'un.

Elle ajoute à voix basse en se penchant vers moi :

— Elle me tuerait si elle m'entendait dire ça, mais je pense qu'elle t'aime aussi. Ce dernier mois, elle a été plus malheureuse que jamais.

— Alors je dois la rejoindre et remédier à ça.

— Daphne n'est pas l'obstacle en travers de votre couple. Ton père et le sien le sont. J'ai mis Daphne en garde à propos de toi, je lui ai dit de se tenir à l'écart. Mais je ne peux plus le faire. Je ne l'ai jamais vue si triste et je vois bien que tu as des sentiments pour elle. Je vais vous donner ma bénédiction et vous tirer ma révérence pour ce soir, afin que vous ayez du temps tous les deux.

— Tu ferais ça ?

Je suis très surpris que Michelle soit à ce point disposée à nous laisser la soirée.

— Bien sûr.

Elle sourit et regarde en direction de Daphne.

— Trouve juste un moyen d'arranger les choses, ou tu n'auras plus à redouter Santino Gallo. Je te trouverai la première.

Je ris. Michelle n'est pas bien grande, mais il y a dans ses yeux la même férocité que dans ceux de Daphne.

— Je trouverai un moyen.

J'ai déjà conclu des marchés avec des millions de dollars en jeu. Pour nos pères, ce ne sera pas différent ; pour eux, tout est une question d'argent et d'ego. Il me faut juste trouver quel bénéfice personnel ils pourraient tirer d'une trêve pour qu'on ait une chance d'être ensemble, Daphne et moi. Ça semble assez simple, mais je sais que leur ego va poser problème. Si Santino est du même acabit que mon père, ma tâche sera compliquée.

— Je sais ce que c'est de vouloir quelqu'un à tel point que ton cœur est au supplice, dit Michelle. Je ne perdrai jamais espoir et je ne pense pas que Daphne soit prête à renoncer à toi non plus. Maintenant, va la rejoindre, me dit-elle en me faisant signe de déguerpir. Prouve-moi que le véritable amour est possible en dépit de toute probabilité.

Les verres à la main, je me dirige vers la table où Daphne m'attend et même de loin, je peux lire l'inquiétude sur son visage. Je me sens prêt à dévoiler mes sentiments, bien que ce soit nouveau pour moi et contraire à mes habitudes mais je n'ai jamais désiré quelqu'un comme je la désire, elle.

— Où va Michelle ? demande-t-elle dès que je m'assois et pose un verre de whisky pur devant elle.

Je jette un coup d'œil par-dessus mon épaule et aperçois Michelle qui retourne à l'intérieur du club.

— Elle nous laisse tous les deux.

— Pourquoi ? demande-t-elle en ouvrant de grands yeux. Ça ne lui ressemble pas.

Je ne tiens pas à entrer dans les détails en avouant que j'ai ouvert mon cœur et dévoilé mes sentiments devant sa meilleure amie. Quand je dirai ces mots-là à Daphne pour la première fois, je veux que ce soit spécial, que ça ait du sens. Je ne veux pas lui faire de déclaration dans une boîte de nuit branchée, ça en réduirait la valeur.

Je prends sa main dans la mienne et réponds juste avec un léger sourire :

— Je peux être très convaincant.

— Je n'en doute pas, murmure-t-elle alors que je caresse le dos de sa main avec mon pouce.

L'étincelle est là, elle illumine l'air épais qui nous entoure. Je la sens. Elle la sent. On ne peut pas nier ce qu'on ressent l'un pour l'autre. Peu importe ce qui oppose nos pères, ça ne nous concerne pas et ça n'évitera pas que deux personnes comme nous, désintéressées de leurs affaires, tombent amoureuses.

— Tu m'as manqué.

Les mots de cet aveu sortent de ma bouche plus facilement que je ne l'aurais cru.

— Je…

Je suis suspendu à ses lèvres, espérant l'entendre dire qu'elle aussi.

Elle m'adresse un petit sourire en clignant doucement des yeux.

— C'est de la folie, Leo.

La raison n'a rien à voir avec ce qu'il se passe entre nous. Je lui demande sans détour :

— Est-ce que je t'ai manqué ? Rien d'autre n'a d'importance.

— Oui, répond-elle en soupirant. J'aurais préféré

dire que non, mais bon sang, oui tu m'as manqué, ce qui est une folie.

— Dans ce cas, on est tous les deux fous, dis-je en riant et en serrant sa main dans la mienne. Je vais arranger les choses.

Ses doigts s'emmêlent aux miens.

— Mais comment ?

Ça, c'est la question à un million de dollars. Je ne laisserai pas deux Italiens vieux jeu et entêtés se mettre en travers de mon chemin. Je dois les convaincre que l'union fait la force. Ça ne sera pas de la tarte, mais je dois affronter les deux hommes qui se dressent contre nous.

— Ne t'inquiète pas. Laisse-moi m'en occuper. Je déplacerais des montagnes pour être avec toi, Daphne.

— Est-ce que tu réalises à quel point tout ça est irrationnel ? On se connaît depuis quoi... Un mois ? Je ne devrais pas avoir de tels sentiments pour toi.

Je ne peux pas m'empêcher de sourire.

— Le cœur a ses raisons que la raison ignore.

— Rentrons, dit-elle.

Il n'y a rien à ajouter.

Le trajet jusqu'à chez moi semble ridiculement long. Depuis qu'on a quitté le voiturier, Daphne n'a cessé de caresser mon bras. Alors à la seconde où je me retrouve seule avec elle dans l'ascenseur, je lui saute dessus.

Nos bouches fusionnent et nos mains vagabondent sur nos corps, avides et impatientes.

Je la serre contre moi, une main agrippée à sa nuque, et je murmure contre sa bouche :

— Mon Dieu, j'ai tellement envie de toi !

— Je n'en peux plus d'attendre, dit-elle en glissant ses doigts sous ma chemise et en les étalant sur mon ventre.

Dès que les portes de l'ascenseur s'ouvrent, on sort en tombant à la renverse. Je la prends dans mes bras et elle m'entoure de ses jambes en m'embrassant avec tant de fougue que mes lèvres brûlent.

Je la porte vers ma chambre, une main dans ses cheveux et l'autre sous ses fesses. Elle se trémousse sur mon sexe extrêmement dur. Je la dépose sur mon lit et couvre son corps avec le mien, essayant autant qu'il est humainement possible de m'empêcher d'aller trop vite.

Je ne veux pas me précipiter. Dans l'avion, c'était de la lubricité refoulée, mais là c'est différent. Elle glisse ses doigts dans mes cheveux et enserre des mèches dans ses mains tout en m'embrassant plus profondément. Elle place ses chevilles derrière mes fesses.

Mes lèvres la frôlent en descendant vers son cou et cette zone si sensible qui la rend folle.

— Ne t'avise pas de me laisser une marque, me prévient-elle.

Je souris contre son cou et promets :

— Pas à cet endroit.

Mais le reste de son corps est un butin de rêve. C'est

puéril, je sais, mais je veux qu'il n'y ait aucune méprise : Daphne Gallo m'appartient.

CHAPITRE 14
DAPHNE

JE M'APPRÊTE à rejoindre mes parents dans leur appartement au-dessus du bar pour le repas du dimanche quand je reçois un texto de Michelle.

Michelle : Comment c'était, hier soir ?

Moi : Super, mais...

J'arrête d'écrire et envoie le message tel quel. J'ai la tête tout aussi en vrac que la veille avant de voir Leo. La nuit avec lui a tenu toutes ses promesses. Sa façon de me faire l'amour lentement, tout en douceur, a encore accru la force et l'intensité de notre relation.

Michelle : La vie est courte, ma chérie. Leo me plaît bien et je ne dis pas ça à la légère.

Je soupire ; je sais que Michelle ne dit pas ces mots facilement. Le fait que je sois avec lui nous met toutes les deux dans une situation délicate et compromettante.

Moi : C'est juste que je ne tiens pas à ce qu'on écourte ma vie à cause de lui.

Mon message est censé être humoristique, mais le danger est bien réel. Je ne peux pas me voiler la face : notre relation peut être découverte à tout moment, et alors un de nos pères se chargera de la situation personnellement. Leo a dit qu'il s'occuperait de tout et trouverait un moyen d'amener la paix. Mais il faudrait un miracle pour rassembler nos familles.

— Salut, étrangère.

Je fais un bond en entendant la voix de Vinnie.

— Nom d'un chien, ne me fais pas des trucs pareils !

— À qui écris-tu ?

Il essaie de regarder par-dessus mon épaule mais je plaque mon téléphone contre ma poitrine.

— À Michelle.

— Dis-lui bonjour de ma part. Elle m'a manqué hier soir.

— Ne pense même pas à coucher avec Michelle, dis-je en lui donnant un coup dans l'épaule quand il passe devant moi.

— Michelle est un peu trop…

— Elle est quoi ?

S'il y a bien une chose que je sais de mon frère, c'est qu'il coucherait avec n'importe quelle fille de la planète dès lors qu'elle en aurait envie. Non pas qu'il n'ait aucune préférence, mais c'est juste qu'il aime tellement les femmes qu'il semble vouloir toutes les essayer.

— Elle n'est pas mon genre.

J'attrape son bras alors qu'il s'élance dans l'escalier qui mène chez nos parents, son sac marin en bandoulière.

— Tu n'as pas de genre. Qu'est-ce que tu me caches ?

— Rien.

Il répond sans me regarder dans les yeux et je sais qu'il ne me dit pas tout.

— Tu es rentrée tard hier soir, ou tôt ce matin, déclare-t-il pour changer de sujet et aborder le seul que je veux éviter.

— On va être en retard. Tu ferais mieux de te bouger, dis-je en montrant les escaliers, priant pour qu'il lâche l'affaire et se focalise sur son insatiable appétit. *Ma* a déjà dû servir les assiettes.

Vinnie regarde en haut des escaliers et renifle l'air.

— Saucisses, annonce-t-il avec un sourire. Mon plat préféré. Le premier arrivé !

Il se précipite dans les escaliers, comme quand il était ce petit garçon que j'aimais tant. Quand il était plus jeune, tout, absolument tout était question de compétition. Il voulait toujours aller plus vite que tout le monde. On avait pris l'habitude de le laisser gagner, mais il est vite devenu plus rapide que nous. Depuis qu'il a seize ans, il n'est plus question de compétition, mais ça ne l'empêche pas d'essayer.

Vinnie ouvre la porte avec tellement d'élan qu'elle

rebondit contre le mur et lui revient presque en pleine tête.

— Doux Jésus, murmure ma mère qui apporte la casserole pleine de saucisses, de poivrons et de patates dans la salle à manger.

— Pardon, *Ma*. Ça sentait tellement bon, je n'ai pas pu me retenir.

— Eh bien, ralentis un peu, l'athlète.

— Qui ça ? demande Vinnie en se grattant la tête tout en suivant ma mère et la casserole vers la salle à manger.

Angelo est déjà dans le salon, à sa place favorite, le bras étendu sur le dossier du canapé, l'air décontracté.

— Hey, dit-il en m'adressant un signe de tête. Tu as passé une bonne soirée ?

Je passe une main dans le dos du canapé, incapable de le regarder dans les yeux.

— C'était cool. Comment était Vinnie hier soir ?

— Égal à lui-même.

— Occupé ?

— Débordé.

— Hey, hey, dit Lucio en arrivant dans le salon, Lulu dans les bras, avant de s'asseoir à côté d'Angelo.

— Où est Dee ?

Je regarde dans la pièce à la recherche de son visage joyeux.

Lucio fait un mouvement du menton vers le reste de l'appartement.

— Elle fait des coloriages avec les enfants dans le bureau de *Ma*.

Il fait sauter Lulu sur ses genoux en couvrant son visage et son cou de bisous, ce qui la fait bien rire.

Delilah est une super maman, et elle n'en finit pas de marquer des points en tant que tante, quand je fais une tata déplorable. Je ne passe pas de temps avec ma nièce et mon neveu ; pourtant, je leur avais promis qu'ils pourraient compter sur moi après la mort de leur mère.

— Je vais les rejoindre, dis-je avant de m'engager dans l'étroit couloir où leurs voix retentissent.

Par la fente de la porte, je les regarde tous les trois colorier.

— Tu penses que papa nous trouvera une autre maman, un jour ? demande Tate, ma nièce, à Delilah.

Je serre les mains contre ma poitrine et plaque mon dos au mur, essayant de retenir les larmes qui me montent aux yeux. Je ne peux même pas imaginer perdre ma mère aujourd'hui alors que je suis adulte. Tate et Brax ont perdu la leur si jeunes…

— Oh, ma puce, dit Delilah sur un ton apaisant. Personne ne remplacera jamais ta maman.

— Je sais, murmure Tate dans un souffle. Mais papa est tellement triste, tout le temps, tata Dee.

Tate fait mature pour son âge. D'une certaine façon, la vie lui a dérobé son enfance heureuse et l'a obligée à grandir plus vite que la plupart des autres enfants.

— Maman, dit Brax de sa voix grave de petit garçon.

— Elle n'est pas là, lui répond sévèrement Tate. Elle ne reviendra jamais.

Je pousse un léger cri en couvrant ma bouche, espérant que personne ne m'ait entendu. Je suis bouleversée par ses mots.

— Viens là, mon grand, dit Delilah.

Je me colle à la porte pour les regarder à nouveau. Tate tient trois crayons dans une main ; elle a passé un bras dans le dos de Dee et se tient contre elle. Brax a le visage enfoui dans les cheveux de Delilah et, les bras accrochés à son cou, il se blottit contre elle.

Delilah baisse les yeux vers Tate et sourit.

— Tate, ta maman est toujours avec toi. Elle veille sur vous deux chaque jour, à chaque instant.

Tate regarde dans la chambre, essayant sans doute d'y voir sa mère.

— Je ne la vois pas.

— C'est parce qu'elle est dans ton cœur, ma chérie.

— Dans mon cœur ? demande Tate en baissant les yeux et en appuyant ses mains sur sa poitrine. Elle est dedans ?

Ses petites lèvres s'entrouvrent et elle reste la bouche ouverte.

— Tu la portes toujours en toi. Et peut-être qu'un jour ton père trouvera quelqu'un d'autre. Ça te plairait, n'est-ce pas ?

La petite hoche la tête, les mains toujours sur la poitrine.

— Mais quand il trouvera cette nouvelle personne, ta maman sera toujours avec toi.

— Toujours ?

— Toujours.

J'essuie mes larmes et m'applique à sourire avant d'ouvrir la porte. Pour essayer d'égayer l'atmosphère, j'entre dans la chambre en criant, comme si je m'apprêtais à les chatouiller :

— Où sont mes petits monstres ?

— Tata Nee, tata Nee ! s'écrie Tate en traversant la pièce en courant avant de me sauter dessus.

Je la serre tendrement dans mes bras et lui fais de douces et lentes caresses dans le dos.

— Hey ma poupée. Tu m'as tellement manqué, dis-je en murmurant dans son oreille. Je t'aime.

— Je t'aime aussi, tata Nee.

Delilah me regarde en souriant. Probablement soulagée par mon arrivée, elle prend une grande inspiration. La discussion devenait lourde, même pour une pro chevronnée comme elle.

— À table ! crie *Ma*, nous évitant d'avoir à nous replonger dans la conversation.

— Qui a faim ?

Brax pousse un cri perçant ; il s'extirpe en vitesse des bras de Delilah avant même qu'elle ait eu le temps de se relever et, avant que sa sœur mette un pied par terre, il a déjà passé la porte.

— Merci, me dit Delilah tandis qu'on suit les enfants dans le couloir vers la salle à manger. Je commençais à paniquer.

— Tu t'en es très bien sortie, Dee. Je n'aurais pas pu gérer cette conversation comme tu l'as fait.

— Oh, arrête. Tu es leur tante, me rassure-t-elle pour être gentille.

Même si j'aime ma nièce et mon neveu, je ne peux pas dire que je suis très maternelle. J'aimerais avoir des enfants un jour, mais je ne suis pas sûre de pouvoir être une mère à la hauteur de celle que j'ai eue.

— Assoyez-vous, allez, dit mon père qui se tient debout quand on entre dans la salle.

Je suis presque surprise de le trouver là à l'heure, parce que ces derniers temps, il était plus souvent absent que présent.

— Ça va être froid, ajoute-t-il.

Pop est un peu plus enthousiaste qu'à son habitude, et on en déduit tous la même chose en se jetant des regards de part et d'autre de la table. Il s'apprête à nous annoncer du lourd. Et jusqu'ici, ça n'a jamais rien laissé présager de bon.

Je me glisse sur une chaise en adressant des mimiques interrogatives à Angelo, parce que j'imagine qu'il sait de quoi il retourne.

— Ça sent drôlement bon, déclare Vinnie quand ma mère sert dans son assiette une portion de géant.

— Je sais que c'est ton plat préféré, mon ange.

Ma nous fait passer la casserole pour qu'on se serve nous-mêmes, parce que Vinnie est le seul qu'elle dorlote comme un bébé.

Ce plat est celui qu'on préfère tous, car c'est la seule de ses recettes qui soit mangeable. Elle est connue pour rater les plats les plus simples, mais celui-là, elle le maîtrise à la perfection. Il est délicieux chaque fois.

— Tu peux me donner la recette ? demande Vinnie. J'aimerais en faire pour les gars du campus.

— C'est simple. Il n'y a qu'à balancer des saucisses, des patates et des poivrons dans un plat avec un litre de vin, rouge ou blanc, et un peu d'eau. Ensuite, tu mets le tout au four en couvrant le plat, bien sûr, et tu laisses cuire quelques heures, jusqu'à ce que les saucisses soient tendres.

— Ça paraît difficile à rater, même pour moi, dit-il en souriant.

Mon père tire une chaise à l'attention de ma mère et attend qu'elle soit assise pour se décider à nous dire enfin ce qui le met en joie à ce point.

— Donc, je sais que vous pensez tous que j'ai replongé dans mes vieilles magouilles.

Un brouhaha général fait le tour de la table, parce qu'il n'y a pas besoin de penser pour savoir ça. Mon père n'a pratiquement pas montré le bout de son nez depuis un mois, allant Dieu sait où faire on ne sait quoi.

— Vous savez que votre mère et moi organisons notre mariage, dit-il.

— Qui aura lieu quand ? demande Lucio entre deux bouchées.

— Dans quelques mois.

Pop sourit à ma mère qui rayonne et n'a d'yeux que pour lui.

— Bon, reprend-il en s'éclaircissant la gorge. De nombreuses raisons nous ont empêchés de nous marier par le passé.

— On le sait, Pop, intervient Angelo et je peux entendre l'ennui dans sa voix.

— Non, tu ne sais pas, mon fils.

— Le mariage va de pair avec la légalité.

C'est un mot que mon père a tenu en horreur toute sa vie. Il est allergique au plus haut point à tout ce qui touche aux lois et ça a toujours inclus le mariage.

Les garçons sont pendus aux lèvres de mon père mais moi, je meurs de faim. Après une soirée très longue et très plaisante avec Léo, j'ai sauté le petit-déjeuner pour arriver à l'heure ici.

— Notre argent et nos biens ont toujours été au nom de votre mère pour empêcher le gouvernement de tout saisir si je me faisais arrêter.

— Quand, dis-je pour corriger ses dires, cachant de

ma main ma bouche pleine de patates fumantes qui me brûle la langue.

Mon père soupire.

— Mais il y a toujours eu une chose, une grande chose, dont j'ai laissé mon frère se charger pendant toutes ces années.

Je plisse le nez de surprise et marmonne pour moi-même.

— Maintenant que vous êtes tous assez grands et que j'arrête enfin mes conneries, j'ai demandé à Sal de reprendre mes parts.

— Pourquoi maintenant ? intervient Angelo en posant la question que tout le monde autour de la table se pose.

— Je me suis dit que ça pouvait faire office d'assurance-vie pour mes vieux jours.

— Qu'est-ce que c'est ? demande Vinnie avant de fourrer une demi-saucisse dans sa bouche.

Ma mère pose sa main sur celle de mon père.

— Dis-leur, maintenant.

Il annonce d'un ton précipité :

— Nous sommes copropriétaires d'un domaine viticole.

— Quoi ? dis-je comme si je venais de prendre un coup dans la tête.

— Je croyais que c'était l'affaire d'Oncle Sal, dit Angelo, clairement en partie au courant de l'histoire.

— Elle nous a toujours appartenu à nous aussi, mais je ne voulais pas mettre votre héritage en danger.

— On a un héritage ? murmure Vinnie en posant sa fourchette dans son assiette.

— Oui. J'ai demandé à Sal de diviser mes actions en parts égales entre chacun d'entre vous et moi. Au total, nous détenons un tiers du vignoble d'Italie ce qui, divisé par cinq, représente environ six pour cent.

— Quoi ? dis-je encore, estomaquée.

On a grandi sans problème d'argent. Mes parents avaient le bar et mon père avait ses autres affaires ; on était bien nourris et vêtus, avec un toit agréable au-dessus de nos têtes. De ma vie, je n'avais jamais pensé qu'on avait quoi que ce soit de plus. Mes parents n'y ont jamais fait allusion et mon oncle Sal a quitté la ville avant que j'aie l'âge de me souvenir de quelque chose.

— Donc, on parle d'une petite somme d'argent ? demande Vinnie en se frottant les mains, se laissant gagner par l'avidité.

— Probablement de quelques millions de dollars pour chacun d'entre vous, répond mon père comme s'il parlait de la pluie et du beau temps.

Je sens que je vais m'évanouir. Tout se met à tourner dans la pièce, et puis c'est le noir total.

CHAPITRE 15
DAPHNE

— JE VAIS BIEN, dis-je pour la troisième fois aux membres de ma famille qui se tiennent tous autour du brancard sur lequel je suis allongée dans une salle des urgences. C'est ridicule.

Je me redresse pour m'asseoir, prête à partir d'ici, mais ma mère me repousse en position allongée.

— On ne partira pas avant de savoir ce qui ne va pas, me dit-elle.

— Je n'ai rien mangé ce matin, c'est tout. On ne va pas en faire tout un plat.

— Tu n'étais jamais tombée dans les pommes avant, Daphne, intervient Angelo qui se tient à mes pieds, une main posée sur ma jambe. On ne prendra aucun risque.

— Allez, voyons, dis-je en espérant que l'un d'entre eux ait un peu de bon sens. Papa nous a lâché une bombe. Mon corps a encaissé le choc. Ce n'est pas une grosse affaire, vraiment.

Ils me regardent comme si j'étais un animal blessé et que j'allais clamser d'un moment à l'autre. Je me demande si c'est ce qu'il se passe quand on est vieux ou mourant, et je trouve ça vraiment affreux. Je pense à Marissa, la femme d'Angelo, et à notre équipe de sentinelles assises autour d'elle pendant la dernière semaine de sa vie. J'espère qu'on lui a apporté du réconfort, contrairement à ce que me procure ma famille en ce moment.

— Mademoiselle Gallo, dit le docteur en poussant de côté le rideau jaune bas de gamme qui nous a préservé du chaos des couloirs. J'ai reçu quelques résultats de tests.

— Qu'est-ce qu'elle a, docteur ? Est-ce qu'elle va bien ? demande ma mère au bord des larmes, les mains serrées sur sa poitrine, comme si elle s'apprêtait à entendre l'annonce de ma mort imminente.

— Il serait peut-être préférable que votre famille sorte de la pièce afin qu'on discute des résultats en privé.

Il n'aurait rien pu dire de pire.

— Oh mon Dieu ! Tu es mourante ! s'écrie ma mère avant de se jeter quasiment sur moi.

Je caresse ses cheveux roux pour essayer de l'apaiser.

— Je n'ai pas de secret pour ma famille, docteur. Vous pouvez parler.

— Tout d'abord, vous n'êtes pas mourante, se dépêche-t-il d'annoncer.

Bon, c'est un soulagement. Pendant un instant, je me suis demandé s'il n'allait pas poser une bombe à retardement sur mes genoux, mettant ma vie sens dessus dessous. J'ai passé des semaines à m'inquiéter, me demandant si notre relation avec Leo n'allait pas aboutir à la mort de l'un d'entre nous, mais je n'avais jamais envisagé qu'une terrible maladie pouvait m'emporter en premier.

— Oh, merci mon Dieu ! déclare ma mère dans un cri. Je ne sais pas ce que j'aurais fait sans toi.

— Bon sang, il faut se calmer, là, dis-je comme si je n'avais pas été inquiète.

Pour être honnête, quand le docteur est entré dans la pièce sans un sourire, ça m'a pétrifiée. Et le fait qu'il suggère que ma famille quitte la salle n'augurait pas de nouvelles anodines.

— On s'inquiète, me dit mon père comme si j'étais la seule à ne pas être raisonnable.

Ma famille entière est tournée vers le docteur en attendant qu'il annonce le résultat des tests.

— On a votre bilan sanguin, et surprise ! déclare-t-il en affichant enfin un sourire, présageant probablement un moment joyeux. Vous êtes enceinte.

Ma mâchoire se décroche.

— Mais j'ai eu mes règles récemment. Il doit y avoir une erreur.

— Récemment… Quand ?

— Je ne sais pas. Peut-être cinq semaines.

— Donc, vous avez du retard ? demande-t-il.

— Pas vraiment. Mes règles sont très irrégulières.

Après un an à courir après mes règles, j'ai balancé le calendrier à la poubelle. Il y a quelque chose qui cloche avec mes ovaires et je n'ai jamais eu un cycle de vingt-huit jours.

— Les tests sanguins sont fiables, mademoiselle Gallo. Vous êtes vraiment enceinte. Comme vous vous êtes évanouie, je vais vous prescrire une échographie pour voir si le bébé va bien.

Je lui réponds, pensant toujours qu'il se paie ma tête :

— Je n'ai pas mangé ce matin.

— Il va falloir commencer à vous alimenter plus fréquemment et vous allez prendre des vitamines prénatales dès aujourd'hui. À part ça, vous êtes en excellente santé.

Mon monde s'effondre. Je cligne des yeux plusieurs fois, toujours bouche bée, tandis que le docteur s'éloigne dans le couloir en nous laissant seuls.

— Tu étais avec le père du bébé, hier soir, n'est-ce pas ? me dit Vinnie en poussant ma jambe. Je lui lance un regard noir.

— Elle était avec Michelle, intervient Angelo et j'ai envie de donner à Vinnie un coup dans le ventre.

— Eh non. Elle est rentrée à sept heures ce matin.

Ils me dévisagent tous comme si j'allais tout leur raconter, mais je n'ai jamais été du genre à faire des confidences.

— Daphne, dit ma mère, mais elle est tellement excitée qu'elle en tremble presque. Mon bébé va avoir un bébé.

— Merde, dis-je entre mes dents en m'effondrant sur l'oreiller, fixant le plafond.

C'est le pire des scénarios. Je suis en cloque. Une mère célibataire. Pas seulement ça, mais je porte l'enfant de Leo. C'est comme si le sort s'acharnait contre moi. Est-ce que je pourrais avoir une pause ?

— Le Meilleur Que Tu Auras Jamais ? demande Angelo, me rappelant qu'il est au courant pour l'homme mystérieux, ou du moins qu'il sait que je vois quelqu'un en cachette sans donner de détails.

— Le père a intérêt à être un homme honorable, dit Lucio en serrant le poing, ou bien il va avoir un problème.

— Arrêtez tous.

Je ferme les yeux et prends une profonde inspiration, rêvant de pouvoir remonter le temps pour me rappeler d'utiliser un préservatif.

Vinnie se met à rire.

— Tu crois toujours que je vais mettre une fille en cloque et regarde où tu en es après ce que tu as fait.

— Ne commence pas, Vinnie, dis-je en le fusillant du regard.

Juste au moment où j'allais péter un câble, Michelle entre dans la chambre en courant.

— Oh mon Dieu ! Tu vas bien ? demande-t-elle en poussant mes frères de ses coudes, à bout de souffle. Angelo m'a prévenue que tu étais aux urgences.

— Je vais bien, dis-je en grinçant des dents. Ça ne pourrait pas aller mieux, putain.

— Elle est en cloque, lâche Vinnie, toujours mort de rire face à l'ironie du sort.

Michelle écarquille les yeux. J'acquiesce.

— Oui.

— Oh non, chuchote-t-elle en couvrant sa bouche, ressentant exactement la même chose que moi.

Angelo se tourne vers elle et incline sa tête sur le côté en faisant craquer son cou.

— Tu le connais ?

— Non, ment Michelle. Je ne savais pas qu'elle voyait quelqu'un.

Elle secoue la tête, mais de façon exagérée.

Mon cœur bat si fort dans ma poitrine que j'arrive à peine à respirer. Je secoue les mains, au bord de la crise de panique.

— Je ne peux pas ! dis-je en me cassant la voix sur le dernier mot. Je ne peux pas être mère !

— Je veux savoir qui est le père, insiste Angelo parce qu'il ne lâche jamais l'affaire. Il a intérêt à rappliquer et à prendre ses responsabilités.

— Je suis la seule responsable, lui dis-je.

Si seulement ils pouvaient tous partir… J'ai besoin de temps pour intégrer l'information.

Le bébé.

Mon bébé.

Le bébé de Leo.

Notre bébé.

Pile au moment où je croyais que ma vie ne pouvait pas être plus dingue, Dieu trouve le moyen de me rappeler que je ne contrôle rien. Mon nez commence à piquer ; je demande :

— Vous pouvez me laisser une minute ?

— Bien sûr, ma chérie. On sera juste à côté, dit ma mère et, voyant que personne ne bouge, elle pousse tout le monde dehors.

— Michelle, tu veux bien rester ?

J'ai besoin de garder quelqu'un près de moi, et elle est la seule à connaître toute l'histoire.

— Bien sûr, dit-elle en jetant un coup d'œil à Angelo quand il sort de la pièce.

— Ferme le rideau et vérifie qu'ils sont bien partis.

Je ne veux pas que ma famille puisse entendre le moindre mot de ce que je m'apprête à dire. Les conséquences seraient catastrophiques.

Michelle s'assoit sur le brancard, une jambe repliée sous ses fesses, et prend ma main.

— Ça va? me demande-t-elle en emmêlant ses doigts aux miens et en les serrant doucement.

Je murmure :

— Michelle, ça ne pourrait pas être pire.

— Pourquoi chuchotes-tu? demande-t-elle en chuchotant elle aussi pour me taquiner.

Je désigne le couloir d'un mouvement de tête. Je sais combien ma famille aime fourrer son nez partout.

— Tu sais comment ils sont…

— On va trouver un moyen d'arranger tout ça.

— Comment? dis-je en la dévisageant, les larmes aux yeux.

Je ne vois pas comment ça pourrait ne pas mal finir. La seule putain de fois où j'ai un rapport non protégé, je me retrouve en cloque. *Incroyable.*

— Il va falloir que tu le dises à Leo.

Je ferme les paupières avec force, laissant les larmes couler sur mes joues.

— Il va péter un câble.

Je ne sais pas comment je vais lui annoncer ça. J'ai passé un mois entier à essayer de faire comme s'il n'avait jamais existé, et pendant tout ce temps, notre bébé grandissait dans mon ventre. Mon Dieu, et s'il imaginait que je lui avais tendu un piège diabolique?

— Il pourrait te surprendre…

— C'est plutôt moi qui vais le surprendre, dis-je en essayant de rire.

— Mademoiselle Gallo, dit une femme avant de rentrer dans la chambre en tirant derrière elle un chariot. Vous êtes prête pour l'échographie ?

Michelle s'apprête à se lever mais je la fais se rasseoir.

— Reste avec moi.

Ma mère est sur les talons de l'échographiste ; elle la suit dans la chambre, le sourire accroché aux oreilles.

— Je n'arrive pas à croire que tu attends un enfant, dit-elle comme si elle était enceinte par procuration. C'est tellement excitant !

Tandis que le médecin vérifie rapidement les informations sur mon bracelet, je marmonne :

— Oui. Exaltant.

L'examen ne dure pas très longtemps. L'échographiste prend des photos de mon utérus en silence. Je regarde les images en noir et blanc sur l'écran en essayant d'y déceler quelque chose, mais en vain. Alors que la femme en blouse nettoie et range son matériel, prête à quitter la pièce, je demande :

— Vous avez vu un bébé ?

— Un gynécologue va venir vous voir pour étudier l'échographie avec vous.

C'est loin de me réconforter.

— Tout ira bien, dit ma mère, mais elle ne mesure pas l'étendue du bordel que j'ai déclenché.

Peu après, le gynéco nous rejoint, les clichés de l'échographie dans les mains.

— Tout semble parfait, mademoiselle Gallo. Vous êtes à quatre semaines de grossesse. Votre gynécologue obstétricien prendra le relais dès cette semaine, mais je peux déjà vous dire que la maman et le bébé sont en excellente santé.

— Super, dis-je en essayant d'afficher un sourire forcé.

— Voici les premiers clichés, me dit-il avant de me montrer sur une feuille une toute petite tache. Là, c'est votre bébé. Félicitations.

— Il faut que j'aille prévenir les autres que le bébé va bien, dit ma mère.

Elle m'embrasse sur la joue et nous laisse seules, Michelle et moi.

Je regarde le cliché de l'échographie en me demandant quelle pourrait être la meilleure façon d'annoncer la nouvelle à Leo. Pendant un moment, j'envisage de ne rien lui dire. Le quitter serait peut-être la meilleure solution. Sa vie ne serait pas impactée et notre secret resterait bien gardé.

— N'y pense même pas, me dit Michelle quand je descends du brancard pour chercher mes affaires.

— Quoi ?

— Tu dois le lui dire, déclare-t-elle en croisant les bras sur sa poitrine, comme si elle lisait dans mes pensées.

— D'accord. Je vais lui dire.

— Promis ?

— Promis.

CHAPITRE 16
LEO

— MONSIEUR CONTI, il y a une femme pour vous au téléphone, m'informe Katie, mon assistante, en se tenant dans l'encadrement de la porte après que j'ai raccroché avec un investisseur australien.

— Qui est-ce ?

Je me frotte les yeux. J'ai passé bien trop de temps devant l'écran de l'ordinateur.

— Elle n'a pas voulu me dire son nom, répond Katie en haussant les épaules. Mais elle a dit que c'était urgent.

— Je la prends.

La ligne numéro un clignote sur le téléphone. Je décroche.

— Fermez la porte, s'il vous plaît. Et, Katie, vous pouvez rentrer chez vous. Il est tard et je vous suis déjà très reconnaissant d'être venu un dimanche.

— Merci, monsieur Conti, répond Katie en hochant la tête avant de fermer la porte derrière elle pour préserver mon intimité.

— Allô ?

J'espère que c'est Daphne. Ça fait des heures que j'essaie de la joindre sans qu'elle ait jamais rappelé ni même envoyé un texto. Elle a sans doute été très occupée avec sa famille, mais les heures passant, j'ai commencé à m'inquiéter.

— Leo, il faut qu'on parle, me dit-elle et il est clair au son de sa voix que quelque chose ne va pas. Mais pas au téléphone, ajoute-t-elle.

— Où es-tu ?

— Chez moi.

— J'arrive tout de suite.

— Je t'attends, répond-elle avant de raccrocher.

Je remets à demain le travail qu'il me reste à faire et j'attrape mes clés. Je conduis comme un fou dans les rues de Chicago, me foutant complètement de prendre une prune ou d'avoir un accident. Une fois arrivé, au lieu de monter par l'escalier de secours, j'entre par l'entrée principale de l'immeuble alors qu'une personne en sort.

Je frappe à la porte en essayant de ne pas paraître trop paniqué.

— Daphne !

Quand elle ouvre la porte, je suis cloué sur place par la pâleur de son teint.

— Tu vas bien ?

Je prends sa main dans la mienne et remarque aussitôt le bracelet de l'hôpital. Avant qu'elle ait pu répondre à ma question, je demande :

— Qu'est-ce qui s'est passé ?

— Je vais bien, dit-elle en m'attirant à l'intérieur. Ferme la porte avant que quelqu'un te voie.

Je pousse la porte du pied sans la quitter des yeux.

— Pourquoi étais-tu à l'hôpital ? J'ai essayé de te joindre toute la journée.

Elle marche jusqu'au canapé et s'y effondre.

— J'ai besoin que tu restes calme.

Je me précipite à ses côtés.

— Qu'y a-t-il ?

Elle prend un coussin contre elle et le serre dans ses bras.

— On a un gros problème.

En cet instant, j'imagine le pire : soit qu'elle est malade, ou bien qu'elle tente de m'éloigner d'elle à nouveau. Je prends son bras et passe mon pouce sous le bracelet autour de son poignet.

— Pourquoi étais-tu à l'hôpital ?

— Je me suis évanouie.

— Pourquoi ? Ils ont trouvé quelque chose d'anormal ?

J'ai l'impression de lui avoir posé la question vingt fois en une minute et qu'elle n'a toujours pas pris la peine d'y répondre.

— Ce n'est pas facile à dire.

Elle se tait pour prendre une profonde inspiration en baissant les yeux sur le coussin.

Mon cœur bat très fort et je peux à peine respirer. Daphne n'est pas du genre à tourner autour du pot ; mais là, elle semble incapable de parler.

— Dis-le-moi simplement, Daphne.

— Je suis enceinte, lâche-t-elle.

Je recule brusquement la tête.

— Répète ça ?

Je suis presque sûr d'avoir mal compris, parce que je pourrais jurer l'avoir entendue dire qu'elle était enceinte.

Elle me montre du doigt.

— Tu m'as mise en cloque.

— Bon sang ! Tu es vraiment enceinte ?

Je suis confus, ébranlé. Je ne suis toujours pas sûr d'avoir bien entendu, parce que mon cœur bat tellement fort et vite que je peux à peine entendre mes propres pensées.

— Tu es sûre que je suis le père ?

Je ne veux pas faire le connard, mais on n'a couché ensemble que deux fois, et la dernière fois c'était hier. Ça laisse la fois de l'avion – quand on s'est tellement laissé emporter qu'on ne s'est même pas protégés.

Elle tend le bras et me frappe la poitrine avec la paume de sa main.

— C'est le tien, bordel.

Je répète :

— Le mien ?

Je n'arrive toujours pas à intégrer la nouvelle.

Je vais être papa.

Il va y avoir un mini Leo ou une petite Daphne courant partout dans la maison en poussant des cris de joie.

— Oui, j'attends un enfant de toi.

L'information commence à faire son chemin.

— On va avoir un bébé.

— Je vais avoir un bébé, me dit-elle en serrant le coussin plus fort contre son ventre. À moins que tu veuilles...

— Ne dis pas ça.

Je lève une main pour l'empêcher de finir sa phrase.

— Je le veux.

Je ne peux même pas imaginer abandonner mon bébé, ou pire, demander à Daphne de mettre fin à la grossesse. Dans la mesure où je serai à ses côtés si elle le souhaite, je veux cet enfant. Notre enfant.

Elle soupire.

— Comment va-t-on faire, Leo ? Nos familles se détestent.

— Nos pères, dis-je pour rectifier. Ça n'a rien à voir avec nous. Ils devront régler leurs propres affaires.

Je me rapproche et repousse le coussin.

— Tu portes mon enfant, dis-je en posant ma main sur son ventre, les yeux dans les siens. Notre bébé.

Des larmes se mettent à couler sur ses joues. Je passe un bras sous ses jambes, la soulève et la dépose sur mes genoux.

— Je n'arrive pas à croire ce qui arrive, dit-elle en essuyant ses larmes d'un revers de main, la tête appuyée sur ma poitrine.

— On va se débrouiller. On va se marier et élever cet enfant comme il faut.

Elle se redresse et cligne des yeux plusieurs fois.

— Se marier ? Tu es devenu complètement fou ?

— Écoute, dis-je en caressant doucement ses bras pour qu'elle se détende. C'est logique.

— En quoi est-ce logique ? me demande-t-elle d'un ton cassant.

Je l'attire contre moi et caresse ses cheveux.

— Je ne peux pas vous laisser vivre ailleurs, mon bébé et toi, et je refuse qu'un autre homme élève mon enfant comme s'il était le sien.

— Le connard en toi se révèle, Leo.

— Arrête, Daphne. Je suis sérieux. Est-ce que tu m'aimes bien, au moins ?

Elle lève les yeux vers moi.

— Je suis tombée amoureuse de toi, Leo, mais je ne suis pas prête à parler de mariage. On n'est plus dans les années cinquante.

Je pose mes doigts sous son menton et soutiens son regard.

— Je suis amoureux de toi, Daphne Gallo.

— Ça va trop vite. C'est insensé, dit-elle avant de fermer les yeux en se mordant la lèvre. Je ne suis pas prête pour ça.

— Je pense que personne ne l'est jamais vraiment, mais on s'en sortira.

— Leo, murmure-t-elle. On ne pourra jamais se marier. On ne peut même pas se voir en public.

Je me penche vers elle et l'embrasse sur le front.

— Laisse-moi me charger de ça, *bella*.

Elle accroche ses doigts à mon t-shirt et se laisse glisser dans mes bras.

— Je n'ai pas la force de m'inquiéter d'autre chose ce soir, dit-elle doucement.

— Repose-toi. Je vais rester là.

Quelques minutes plus tard, elle dort profondément. Je bouge mes pieds en essayant de trouver une position confortable. Je sais que je ferais mieux de la porter jusqu'à son lit et de partir, mais pour le moment, je me régale de l'avoir dans les bras et n'ai pas du tout envie de bouger.

— Leo, murmure Daphne en passant sa main doucement sur ma joue. Réveille-toi.

Je grommelle, les yeux fermés, tout en resserrant mes bras autour d'elle parce que je suis trop bien pour bouger :

— Qu'y a-t-il ?

— Tu devrais partir. Quelqu'un pourrait voir ta voiture.

J'ouvre un œil et regarde son beau visage.

— Je me suis garé en bas de la rue. Ne t'inquiète pas. Je n'irai nulle part ce soir.

— Je ne suis pas à l'aise.

— Avec moi ?

Elle secoue la tête.

— Sur le canapé. Je veux dormir dans mon lit.

— Et moi donc.

Je glisse un bras sous ses jambes et la soulève tout en me levant. Il faudrait m'extirper d'ici de force pour que je ne reste pas cette nuit. Je suis abasourdi par la nouvelle et je sais que Daphne est sous le choc aussi.

Je la dépose doucement sur le lit et viens m'allonger contre elle en épousant son corps avec le mien. Je pose une main protectrice sur son ventre, là où notre enfant grandit.

Je dors seulement quelques heures. Ensuite, je laisse un mot sur l'oreiller pour dire à Daphne que j'ai des choses à régler et lui demander qu'elle m'envoie un texto quand elle se réveille. Je dois trouver un moyen d'arranger les choses si on veut avoir la moindre chance de vivre ensemble et d'élever notre bébé en toute sécurité.

Il n'y a qu'une personne qui peut m'aider : quelqu'un qui connaît les deux parties et aurait un intérêt personnel au retour de la paix.

Je suis garé devant *Accro & Tumulte* à attendre un signe de vie à l'intérieur en réfléchissant à ce que je vais bien pouvoir dire.

Une rousse impétueuse ouvre la porte d'entrée. Elle ressemble en tout point à Daphne, en plus petit. Elle est exactement comme dans mes souvenirs d'enfance, quand je sillonnais ce quartier.

Je sors de la voiture et reste dans l'entrebâillement de la portière. Je ne veux pas l'effrayer en m'approchant trop près. Je l'appelle en remuant la main et en souriant pour la rassurer :

— Madame Gallo !

Les mères sont toujours la clé. Même la tête de nœud qu'est mon père écoutait toujours ma mère et prenait garde à ne pas la mettre trop en colère.

Elle s'immobilise et regarde autour d'elle avant que ses yeux se posent sur moi.

— Oui ?

— Je suis Leo.

Elle me fixe avec curiosité et s'approche d'un pas tout en gardant ses distances.

— Je voudrais vous parler, c'est à propos de Daphne.

Elle incline la tête et son regard s'intensifie.

— C'est vous le père ? demande-t-elle.

Je jette un coup d'œil autour de moi. Rester dans la rue devant le bar des Gallo n'est pas sans risque pour moi.

— Pourrait-on trouver un meilleur endroit pour se parler en privé ?

— Répondez à la question, mon cher.

J'acquiesce.

— C'est moi, madame Gallo.

Elle sourit avant de lever la tête vers le haut du bâtiment derrière elle.

— Montez boire un café, et nous parlerons.

Je fais non de la tête, parce qu'il m'est impossible de mettre un pied chez les Gallo.

— Je ne peux pas.

Elle fronce les sourcils.

— Et que pensez-vous d'aller à la petite boulangerie du bas de la rue ?

— Je vous conduis.

— J'irai à pied, me répond-elle, trop prudente pour monter en voiture avec un étranger.

Dix minutes plus tard, nous sommes assis à une table à nous dévisager autour de cafés fumants et de *cannoli*. Je lui ai tout raconté de ma relation avec sa fille.

— Leo, donnez-lui le temps de reprendre ses esprits, me dit madame Gallo qui ignore encore le plus gros du problème parce que je ne l'ai pas encore mis sur la table.

Je joue avec la tasse. Je dois tout avouer.

— Le problème n'est pas entre Daphne et moi, madame Gallo.

— Oh Ciel… dit-elle en haussant les sourcils. Quel est-il, alors ?

— Tout d'abord, je tiens à vous dire que je suis amoureux de votre fille et que je veux faire ce qu'il faut pour elle et notre enfant.

— Crachez le morceau.

— Mon nom de famille est Conti.

Je recule dans ma chaise, m'attendant à ce qu'elle se mette à hurler ou qu'elle s'enfuie de la boulangerie en criant comme un cochon qu'on égorge. Ou encore, pire des scénarios : qu'elle porte un flingue et décide de mettre fin à mes jours tout de suite, en plein milieu de la boulangerie Mazzella.

Elle cligne des yeux plusieurs fois et me dévisage.

— Comme Mario Conti ? demande-t-elle sans bouger.

— C'est mon père.

— Oh, bredouille-t-elle, portant la main à son cou pour saisir la croix accrochée à sa chaîne en or. C'est fâcheux.

— Je sais.

Je frotte mes mains sur les cuisses de mon jean.

Fâcheux n'est pas le meilleur terme pour décrire le bordel qu'on a créé.

— Qu'est-ce que vous avez cru, tous les deux ? demande-t-elle en secouant la tête.

— Rien, dis-je honnêtement. Je n'avais pas prémédité de tomber amoureux de votre fille, mais voilà où j'en suis : je l'aime et on attend un bébé.

Madame Gallo se penche en avant et entoure sa tasse de ses mains.

— Donc, j'en déduis que vous comptez rester.

J'acquiesce.

— J'ai demandé à Daphne de m'épouser.

Madame Gallo lève les yeux au plafond et marmonne des jurons en italien.

— A-t-elle dit oui ?

— Elle a dit que j'étais fou.

Elle sourit spontanément mais se reprend vite.

— Êtes-vous mêlé aux…

— Non, m'dame. Je n'ai jamais été mêlé aux affaires de mon père.

Et je ne le serai jamais. Éviter le milieu, son univers, a été mon unique motivation pendant mes études et la raison de mon travail acharné pour faire d'Excellence la première chaîne d'hôtels du pays.

— Bon, dit-elle avant de marquer un temps de pause en tournant sa tasse dans ses mains. Ça ne va pas être facile, mais voici ce que vous pouvez faire…

Madame Gallo passe l'heure qui suit à m'exposer

son plan pour nous protéger, Daphne, le bébé et moi. Je reste assis calmement à l'écouter parler, parce qu'elle connaît la source du problème qui oppose les deux hommes. Elle est vive d'esprit pour son âge. Daphne lui ressemble beaucoup : forte, drôle et belle.

— Vous pensez être capable de faire ça ? me demande-t-elle dès qu'elle a fini.

— Je serais capable de faire n'importe quoi pour Daphne et pour protéger notre enfant.

CHAPITRE 17
DAPHNE

JE VOIS Leo remonter la rue vers la porte d'entrée de *Accro & Tumulte*. Ça ne peut rien présager de bon. Je crie son nom en agitant mes bras comme une folle, mais la sirène d'une voiture de police dans une rue voisine couvre ma voix. Je marche plus vite, essayant de me concentrer sur ma respiration pour éviter de faire une crise de panique à l'idée de toutes les issues catastrophiques que cette situation pourrait connaître.

Leo ne devrait pas venir dans ce quartier. C'est trop dangereux, entre Johnny, mon père et tous les hommes de son clan qui semblent faire le pied de grue comme des piliers de bar. Ils sont toujours dans les environs à faire le guet, prêts à éliminer toute menace avant que l'ennemi ait une chance de frapper en premier.

J'ouvre la porte et pousse un cri.

Mon père brandit un flingue devant lui, mettant Leo en joue.

— Ne reste pas là, Daphne, me dit-il en me jetant un bref coup d'œil avant de dévisager à nouveau Leo.

Je ne bouge pas. Je ne peux pas. Je suis pétrifiée à l'idée que mon père appuie sur la détente accidentellement. Les mains contre ma poitrine, j'essaie de respirer et supplie :

— Papa, ne fais pas ça.

— C'est un ennemi. Ne reste pas là, je te dis, c'est trop dangereux.

— Monsieur Gallo, je viens seulement pour vous parler, dit Leo sans risquer de bouger, sachant très bien que mon père pourrait le tuer sans hésiter.

Angelo sort de la réserve et ses yeux s'agrandissent instantanément.

— Pop, qu'est-ce que tu fous, bordel ?

— Tais-toi, Angelo, dis-je entre mes dents, regrettant qu'il soit revenu dans la salle.

— Je n'ai rien à dire à un Conti, déclare mon père en plissant les yeux tandis que sa lèvre supérieure tressaille.

— Je croyais que tu faisais une croix sur le milieu, papa, dis-je en lui rappelant ses promesses, toujours sous le choc de la situation dans laquelle j'ai mis les pieds.

— Va régler ça dehors, dit Angelo à mon père sans comprendre ce qu'il se trame et que la rue n'est pas le meilleur endroit pour annoncer au monde entier que Leo Conti m'a mise en cloque. Daphne, il faut que tu partes.

Je lève la main devant Angelo alors qu'il s'approche de moi pour l'empêcher d'avancer.

— Arrête !

Je n'ai jamais vu mon père sous cet angle. Ce qu'il faisait se passait dans l'ombre, hors de notre vue. Son côté sans pitié n'était décrit qu'à mi-voix et pendant la grande publicité faite autour de ses procès.

— J'ai fait une croix dessus, ma puce, mais je retournerai en prison pour protéger ma famille.

Je ne peux quand même pas rester là à regarder mon père tuer le père de mon enfant.

— C'est lui le père, dis-je rapidement, sans redouter une seconde cet aveu parce que c'est ma chance de sauver Leo.

Le regard de mon père glisse vers moi.

— C'est lui quoi ?

— Oh merde, chuchote Angelo en cachant son visage dans ses mains.

— Leo et moi on s'aime, et on va avoir cet enfant, papa.

Je pose une main sur mon ventre, dans un geste instinctif pour protéger le petit être à l'intérieur.

Je pensais que ma déclaration allait désamorcer la situation et faire céder mon père, mais apparemment, il n'en est rien.

— Tu as mis ma fille en cloque ? dit mon père d'un ton haineux.

Je fais un pas vers lui et tends la main, lui faisant signe de me donner son arme.

— Papa, soit raisonnable, dis-je sans craindre mon père mais inquiète pour Leo. On s'aime.

— C'est un Conti ! répète-t-il comme si ce nom de famille pouvait faire toute la différence à mes yeux.

— Et je suis une Gallo. Tu aimerais que Mario pointe une arme sur moi ?

— Jamais, répond précipitamment mon père.

— S'il vous plaît, monsieur Gallo. Laissez-moi vous expliquer, supplie Leo. Je ne suis pas impliqué dans les affaires de mon père ; vous devez bien le savoir.

Je me mets entre l'arme et Leo, réduisant à néant les chances que mon père fasse feu.

— Bouge de là, dit mon père, mais je le défie, immobile.

— *Bella*, dit doucement Leo avec cette voix sulfureuse qui est à la source de tout ce bordel.

Il me prend par les bras et me soulève du sol comme une plume.

— Ne te mets jamais en danger inutilement. Pense au bébé, dit-il en me reposant sur le côté, les yeux sur mon ventre. Rien n'est plus important que notre enfant.

Le regard dur et glacé de mon père s'adoucit un peu.

— Tu donnerais ta vie pour ma fille ?

— La mère de mon enfant, répond Leo en levant le

menton sans la moindre trace de peur sur le visage. Je ferais n'importe quoi pour les protéger, même si ça implique de me sacrifier.

Mon père laisse enfin retomber son bras le long de son corps.

— Comment pouvez-vous être aussi stupides, tous les deux ?

On progresse.

— Papa, l'amour n'est pas toujours rationnel, dis-je alors que Leo serre ma main dans la sienne. On n'avait pas prévu tout ce qui arrive.

— Je suis désolé, monsieur Gallo. J'étais venu dans l'intention de vous parler d'homme à homme pour vous expliquer la situation et demander votre bénédiction.

— J'aurais pu te tuer, grogne mon père en passant sa main libre sur son visage.

— Lâche ce flingue, papa.

Je marche lentement vers lui. Leo tente de me retenir mais je repousse sa main.

— Il faut qu'on parle.

Angelo nous suit dans le bar et ferme la porte d'entrée.

— J'y crois pas, grince-t-il alors que mon père pose son arme sur une table près de lui.

Je ne sais pas s'il parle du fait que mon père ait sorti une arme sur notre lieu de travail ou que je sois enceinte de Leo.

— Comment peux-tu être stupide au point de

menacer quelqu'un avec un flingue dans notre bar ? demande Angelo en secouant la tête, répondant à ma question comme s'il était dans ma tête.

— Je n'ai pas réfléchi, dit papa en grimaçant.

Leo vient se placer derrière moi, pose les mains sur mes épaules et les resserre doucement.

— Tu devrais nous laisser, dit-il comme si j'étais censée ne pas écouter leur conversation.

— Je reste ici.

Les laisser seuls ne m'inspire pas confiance, pas alors que mon père était prêt à lui mettre une balle dans la tête.

— Ça va bien se passer, *bella*. Laisse-moi parler à ton père d'homme à homme, me dit Leo en resserrant son emprise.

Je le regarde par-dessus mon épaule.

— Je redoute de vous laisser seuls.

— Je vais rester là, dit Angelo. Je m'assurerai que ça ne dérape pas.

— Angelo, dit Leo à mon frère en inclinant la tête devant son ami d'enfance.

— Leo, répond Angelo, pas loin de sourire.

Leo se tourne vers moi et me sourit doucement.

— Va rejoindre ta mère et laisse-nous régler ça entre hommes.

Bonjour les années cinquante !

— T'es sérieux ? T'es vraiment machiste à ce point ?

— Non, Daphne. Je ne le suis pas, dit-il en secouant la tête avant de poser son front contre le mien. Il s'agit de respect envers ta famille et ton père en particulier. J'ai besoin de lui parler seul, de m'expliquer. C'est la seule chance qu'on a de pouvoir arranger les choses.

Je lève la tête vers lui jusqu'à ce que nos lèvres se touchent presque et plonge mes yeux dans les siens.

— OK, mais vas-y mollo.

Même avec Angelo comme médiateur, il est fort probable que les choses se corsent. Mon père est connu pour être facilement déraisonnable et s'emporter rapidement. Je crains qu'en laissant Leo seul avec lui, on coure tout droit à la catastrophe.

Leo m'embrasse tendrement sans s'attarder trop longtemps parce que ma famille nous regarde.

En partant, j'attrape le flingue sur la table.

— Je vais garder ça. Juste au cas où.

Bizarrement, mon père ne discute pas. Je remets la sécurité en place et me dirige vers les escaliers. Je regarde ces trois hommes par-dessus mon épaule. J'espère qu'ils vont trouver un moyen de faire la paix.

Quand je me retourne, ma mère est assise à mi-chemin dans les escaliers, un doigt en travers de la bouche.

— Chut, murmure-t-elle. Assois-toi.

Elle me désigne la marche près d'elle et j'essaie de me caser à ses côtés en lui demandant ce qu'elle fait là.

Elle prend ma main dans les siennes et emmêle nos doigts.

— J'écoute, répond-elle.

— Mais pourquoi ?

— Je te le dirai plus tard, dit-elle en secouant la tête avant de replacer son index sur sa bouche.

On reste assises en silence en se tenant les mains, écoutant le son familier des chaises qu'on déplace sur le parquet.

— Tu as prémédité tout ça ? demande mon père à Leo.

— Non, monsieur Gallo. Ce n'est pas mon genre.

— J'ai entendu dire que tu étais au mariage de mon fils. Pourquoi ?

— Je suis propriétaire de l'hôtel, répond calmement Leo, donnant à mon père une information que j'ai toujours du mal à intégrer.

— Vraiment ?

— Oui. Quand j'ai vu qui avait réservé la salle de réception et suite aux rumeurs qui couraient sur votre retour, j'ai voulu passer voir si vous y étiez.

— Pourquoi ?

— Parce que, même si je ne suis pas mêlé aux affaires de mon père, la vie de mes sœurs et la mienne pouvaient être menacées par votre libération soudaine. J'avais besoin de savoir s'il fallait que je renforce la sécurité.

— On ne s'en est jamais pris aux familles.

— Mais on peut facilement se retrouver en plein champ de bataille, monsieur. Vous devez savoir ça mieux que quiconque.

— Je le sais. Donc, comment avez-vous connu ma fille ?

— On s'est rencontrés par hasard au mariage.

Leo est assez malin pour passer sous silence le côté croustillant de ma fin de soirée, quand j'ai quitté la réception avec l'intention de m'envoyer en l'air avec lui et que j'ai fini nue dans son lit.

— Et ? dit mon père, attendant la suite.

— On s'est plus immédiatement, monsieur. Dès l'instant où j'ai posé les yeux sur elle, j'ai su que je la voulais.

Leo se met à tousser, se rendant compte qu'il est complètement déplacé de dire ça au père d'une fille. Il rectifie :

— J'ai su que je voulais mieux la connaître.

Je grimace et regarde ma mère, mais elle rit sous cape. Betty arrive toujours à trouver ce qu'il y a de drôle dans les situations les plus délicates. Je suis sûre que c'est grâce à ça qu'elle a pu rester avec mon père aussi longtemps.

— Eh bien, on peut dire que ça, c'est fait.

— Je sais que vous détestez mon père, mais je vous demande votre bénédiction. Je veux être avec votre fille. Je veux la combler d'amour. Elle porte notre enfant, et je souhaite leur donner la meilleure vie possible. Prendre soin d'eux.

Je lève les yeux au ciel, mais ma mère me tape la main, m'ordonnant en silence de la fermer.

— Elle n'a pas besoin que quelqu'un prenne soin d'elle, Leo. C'est une femme forte, indépendante. Elle l'a toujours été et le sera toujours. En ça, elle est comme sa mère. Impétueuse et pleine de vie.

J'ai un peu les larmes aux yeux en entendant mon père parler de moi. Il ajoute :

— Si tu crois que tu vas pouvoir lui dicter son comportement et gérer sa vie, tu vas avoir des surprises !

Le rire de Leo remplit le bar.

— J'ai déjà bien compris ça ! Et c'est peut-être ce qui me plaît le plus chez elle.

Je les trouve bien aimables l'un envers l'autre. Je me tiens sur le bord de la marche, attendant que ça dégénère. Mon père est vraiment trop gentil, surtout envers un Conti.

— Elle est déjà enceinte, alors je ne peux rien faire. Je ne peux pas t'interdire de la voir. Ce qui est fait est fait. Côté business, je passe la main à Johnny Marioni. Tous les contentieux que j'avais avec ton père font partie du passé. Pour l'amour de mon futur petit-enfant, je veux faire amende honorable et renoncer à toute rancune vis-à-vis du passé.

— Vous vous retirez ? demande Leo, choqué.

— J'ai passé trop de temps loin de ma famille et je

suis trop vieux pour retourner en prison. C'est une vie pour les jeunes, ça ne me dit plus rien.

— J'aimerais tant que mon père en pense autant...

— Il a besoin d'une Betty. Elle lui remettrait le cul sur le droit chemin. Je te jure, si je fais le con encore une fois, Betty me dépècerait vivant.

Je regarde ma mère en souriant. Même si elle est fouineuse et qu'elle dépasse les bornes parfois, j'aimerais être comme elle.

— Je vois que toutes les femmes Gallo sont des femmes fortes, répond Leo.

— Mais elles aiment intensément, Leo. Sache que malgré leur air bravache, il y a une âme douce et un cœur tendre sous leur carapace. Ne t'avise pas d'abîmer ça, ou tu auras affaire à moi.

J'imagine que c'est un progrès. Bien que mon père ait encore menacé Leo, ça n'avait plus rien à voir avec son nom et ne concernait que la façon dont il me traiterait.

Quelqu'un aurait dû ramener mon père à la raison depuis longtemps. Il aurait cessé de se comporter comme un putain d'abruti toutes ces années. J'avais peut-être tort. Peut-être qu'il a changé, finalement, et que cette guerre stupide va s'arrêter.

CHAPITRE 18
LEO

— ÇA VA ALLER, dis-je à Daphne au téléphone avant d'entrer chez mon père. Ne t'inquiète pas.

— C'est facile à dire. Tu as déjà eu un flingue pointé sur toi aujourd'hui.

Je pouffe.

— Si j'ai survécu à ton père, je peux survivre à tout.

— Ton père va péter un plomb.

— Je sais, mais ça sera son problème. Ça ne me concerne pas. Et s'il ne peut pas faire avec, je resterai avec toi et ferai une croix sur lui pour toujours.

— Je ne voudrais pas que ça arrive.

— Tu ne connais pas mon père. Ça pourrait être un soulagement.

J'arrive sur le perron et prends une profonde inspiration.

— Je dois y aller. Je t'appellerai en sortant.

— Bonne chance, Leo, dit-elle gentiment.

Mon père m'attend dans la salle à manger. Il lit le journal en buvant son café comme il le fait tous les après-midi.

Quand j'entre dans la pièce, il remonte ses lunettes noires sur son nez et lève les yeux de son journal.

— Je suis là, déclare-t-il sans la moindre chaleur dans la voix tout en repliant son journal avant de le mettre de côté. Qu'est-ce qu'il y a de si important pour te faire quitter le boulot ?

Je me prépare un expresso en le laissant mijoter un peu. Il me regarde attentivement, comme il le fait toujours. Mon père est un grand observateur. Il ne dit pas grand-chose, à moins que ce ne soit très important pour lui.

— Tu vas être grand-père une fois de plus, dis-je avec désinvolture, parce que je ne sais pas vraiment par où commencer pour parler de Daphne Gallo.

— Est-ce qu'Alicia est encore enceinte ?

Je ris de voir comment il saute sur l'occasion de critiquer mes sœurs, et Alicia en particulier. Elle a trente-cinq ans et trois enfants de deux pères différents, ce qui, aux yeux de mon père, est un déshonneur.

— Non. Alicia n'est pas enceinte, Pop.

Je me redresse, la minuscule tasse de café à la main. J'espère que ça se passera mieux que prévu.

— Je vais avoir un enfant.

Mon père hausse les sourcils, et c'est la première

fois qu'il n'a pas l'air contrarié d'être encore grand-père.

— Il était temps, dit-il en poussant sa tasse de côté avant de se pencher en avant. Je comptais sur toi pour assurer la pérennité de notre nom.

— Oui, à propos de nom…

Je marque un temps de pause et sirote en savourant mon café noir.

— S'il te plaît, ne me dis pas que tu as mis en cloque une pute de luxe.

Il pince l'arête de son nez, imaginant le pire des scénarios à ses yeux, mais il est loin du compte.

— Non, dis-je en secouant la tête. Rien de tel.

— Abrège, mon fils.

— La mère est Daphne Gallo.

Mon père écarquille les yeux. Il ne dit pas un mot. Il se penche en arrière et pose ses coudes sur les accoudoirs de la chaise, avant de poser ses doigts contre ses lèvres.

— Dis quelque chose.

Il enlève ses lunettes et les place devant lui sur la table.

— L'unique fille de Santino ?

— Oui.

— De toutes les femmes de Chicago, tu as choisi de coucher avec la fille de Santino ?

— Je n'ai pas fait exprès.

— Ta queue s'est retrouvée en elle par hasard ? dit-il en haussant un sourcil.

— Eh bien, non.

— Tu savais qui elle était quand tu as couché avec elle ?

— Oui.

Je sais comment fonctionne mon père. D'abord, il s'énerve : ses émotions et son mauvais caractère l'emportent sur sa raison. Ensuite, il râle et divague pendant un moment. Puis, il finit par se calmer. Avec un peu de chance, c'est ce qu'il va se passer maintenant.

Il frappe la table avec le plat de sa main, ce qui me fait tressaillir et fait rebondir sa tasse de café avec tout ce qui se trouve à côté.

— Comment as-tu pu être aussi négligent ?

— L'amour défie toute logique.

— Dis plutôt que ta queue n'a pas de limite.

Je reste calme, parce que le contraire serait désastreux.

— Pop, Santino s'est retiré des affaires et vous avez été amis par le passé. Ce qui est fait est fait. Daphne porte mon enfant, et si tu ne peux pas les accepter comme membres de la famille…

— Attends, dit-il en levant une main en l'air. Santino s'est retiré ?

J'acquiesce. Naturellement, c'est la seule chose que mon père a retenue, la seule qui lui importe.

— Ça change la donne, marmonne-t-il en frottant ses mains lentement l'une contre l'autre.

— Tu es incroyable. Même si ce n'était pas le cas, ça ne changerait rien à mes sentiments pour Daphne et mon enfant à naître.

— Bien sûr que non, dit-il en remuant la main avec dédain. Organise une réunion. On va s'occuper de ça.

— Je vais organiser une réunion, Pop, mais tu ne vas t'occuper de rien. Ou bien tu fais la paix, ou bien on peut se dire au revoir, dis-je en me levant. À toi de choisir : soit tu gagnes un petit-enfant, soit tu perds un fils.

Il n'y a rien d'autre à dire. La balle est dans son camp maintenant. Libre à lui de continuer à faire le dur à cuire en faisant passer le business avant la famille, ou de trouver un moyen de cohabiter avec les Gallo. Ce n'est pas un jeu pour moi, et je me fiche complètement de plaire ou non à mon père.

Daphne travaille au bar alors que je l'ai suppliée de rester à la maison pour se reposer. Elle est têtue comme une mule. Je m'assois sur un tabouret en face d'elle et la regarde essuyer un verre.

— Qu'est-ce que tu fais ?

Elle s'immobilise et lève les yeux vers moi.

— Ne commence pas.

— Tu as mangé aujourd'hui ?

— J'ai mangé, répond-elle en plissant les yeux.

Je sais que ça l'ennuie, mais je m'en fiche. Je dois bien exprimer ce que je ressens, parce que c'est aussi mon enfant qu'elle porte. J'insiste :

— Suffisamment ?

Elle pose le verre et se penche en avant, appuyant ses coudes sur le comptoir.

— Comme un ogre. Est-ce que tu vas être comme ça pendant toute la grossesse ?

Je hausse les épaules et fais l'innocent :

— Comment ça comme ça ?

— Surprotecteur.

Je me marre en secouant la tête.

— Ta santé et celle du bébé m'importent, c'est différent.

— Écoute, commence-t-elle, mais l'arrivée de son frère la coupe dans son élan et l'empêche de me faire des reproches.

— Leo. Déjà de retour ? demande Angelo.

— Je viens voir comment va ma chérie.

Il passe ses doigts dans ses cheveux bruns en secouant la tête.

— Je ne sais vraiment pas quoi penser de votre union.

Daphne lui donne une claque sur la poitrine avec le dos de sa main.

— Ne fais pas le connard, Angelo.

— Tu as intérêt à filer droit avec elle, me dit-il le

plus sérieusement du monde. Si tu déconnes, tu n'auras pas le temps de craindre mon père, parce que je te trouverai en premier.

Je regarde mon vieil ami d'enfance. Je sais qu'il est un homme de parole autant que je le suis.

— C'est noté.

— Il faut des couilles pour se pointer ici, dit Lucio, l'autre frère de Daphne, en nous rejoignant.

Il me regarde avec plus d'intensité. Il n'est pas au courant de la conversation qu'on a eue plus tôt.

— Je ne peux pas me cacher.

— Mon père a déjà fait courir le bruit qu'il ne fallait pas s'en prendre à toi, sauf si tu dégaines en premier, me dit Daphne, répondant ainsi à la remarque de Lucio.

Je fronce les sourcils et demande :

— Si je dégaine ?

— Tu comptes mettre en joue quelqu'un ? demande Lucio, ce qui explique tout ce que j'ai besoin de savoir.

— Non. Je ne suis même pas armé.

— Ne le dis pas trop fort, dit Angelo en riant, mais je ne suis pas sûr de trouver ça drôle.

Lucio se tourne vers sa sœur.

— Daphne, c'est vide, ce soir. Pourquoi est-ce que tu ne rentrerais pas chez toi pour te détendre ? Tu étais à l'hôpital hier et Leo a raison, tu devrais y aller mollo.

— On s'occupe de ça, ajoute Angelo en lui prenant le torchon des mains. Vas-y.

Je souris. Ses frères me plaisent plus que je l'aurais

cru. Pour une fois, il y a quelqu'un de mon côté ; ça change de ceux qui veulent me tomber dessus à tous les tournants.

— Je ne dirais pas non pour une pizza, dit Daphne en se frottant le ventre.

Je lui souris et réponds :

— Pizza, c'est parti !

— Je vais chercher mes affaires ; je reviens tout de suite.

Je la regarde disparaître dans le couloir de la réserve. Quand je me retourne, ses frères me fixent.

— Brise-lui le cœur et on te tue, dit Lucio en se penchant vers moi de sorte que personne d'autre n'entende. Si elle souffre à cause de toi, ta mort sera douloureuse.

— Et lente, ajoute Angelo.

Je lève les mains en l'air.

— Les gars, je suis réglo. J'aime votre sœur. Je ne lui ferai jamais de mal et ne permettrai jamais que quiconque lui en fasse. Je la protégerai et la rendrai heureuse.

— Prêt ? demande Daphne en venant vers moi, inconsciente de ce qui vient de se tramer entre ses frères et moi.

— Passez une bonne nuit, tous les deux, dis-je en me levant.

J'enroule mon bras autour de Daphne et la tiens par la taille.

— Allons chercher une pizza à emporter pour la manger chez toi.

— Une de chez Alfredo ? demande-t-elle avec une étincelle dans les yeux.

— Une de chez qui tu veux, *bella*.

Daphne dévore deux fois plus de pizza que moi, en grognant de plaisir du début à la fin.

— C'est tellement bon, dit-elle en fermant les yeux de délectation tout en mâchant une autre bouchée. As-tu déjà goûté quelque chose d'aussi bon que ça ?

— Oh que oui, dis-je en la regardant avec intensité, essayant de ne pas laisser mon désir prendre le dessus sur sa faim.

Elle sort sa langue de sa bouche et la passe sur ses lèvres, ce qui me fait perdre la tête.

— Tu me nargues, lui dis-je pour la prévenir que ma résistance a des limites.

— Tu as l'air d'avoir faim, me répond-elle, se foutant complètement de l'effet qu'elle me fait.

— J'ai faim, *bella*, et si tu ne fais pas attention, je vais mettre la pizza de côté et te manger à la place.

Elle m'adresse un sourire provocant.

— Ça fait peut-être partie de mon plan de maître.

Je retire la part de pizza de ses mains au moment où elle allait mordre dedans.

— Tu pourras manger après, avec encore plus d'appétit.

Elle essaie de reprendre sa part mais je la laisse tomber par terre. J'attrape Daphne par la taille.

— La pizza ou moi ?

— C'est un choix très difficile.

Elle penche la tête d'un côté, puis d'un autre, avec un petit sourire narquois, comme si la décision à prendre lui demandait un réel effort de réflexion.

— Si tu hésites autant, dis-je alors que son regard glisse vers mes lèvres, il faut que je m'améliore.

Elle lutte un peu contre mon emprise et répond en gloussant :

— Alors ma réponse est définitivement la pizza.

Je l'attire contre moi et amène sa bouche près de la mienne.

— Prépare-toi à changer de point de vue, mon cœur. Tu ne pourras plus jamais manger une pizza sans penser à moi.

C'est ça que je veux. Devenir sa référence. Je ne veux qu'aucun autre homme au monde ne puisse convenir à Daphne Gallo, et il n'y a aucune chance pour que je laisse quelqu'un d'autre élever mon enfant. Daphne n'a pas encore dit oui, mais elle sera ma femme.

— Quelle grande gueule… Voyons si tu as les moyens de justifier des mots pareils, me défie-t-elle.

Je m'apprête à changer sa vision du monde. Je l'attire sur mes genoux et plonge mes yeux dans les siens. Je murmure contre ses lèvres :

— Je t'aime, Daphne Gallo.

C'est la première fois que je prononce ces mots, les plus importants et les plus flippants qui soient. On a tourné autour du pot, avoué nos sentiments, mais on ne s'était pas clairement dit « je t'aime ». Elle cligne des yeux doucement et sourit.

— Je t'aime aussi, Leo Conti. Maintenant, tu ferais bien de prouver tes dires et de la fermer.

J'enroule mes bras autour d'elle en collant son corps au mien. Je lui demande de choisir comment elle veut que je lui fasse l'amour :

— Doucement ou fort ?

— Doucement et fort, dit-elle le souffle court en se frottant contre mon jean. Je veux m'en souvenir demain.

Mes lèvres fondent sur les siennes tandis que mes bras se resserrent autour d'elle. Elle se met à gémir, allant d'avant en arrière contre mon sexe à travers le tissu de mon pantalon, me rendant fou de désir.

Je veux pouvoir revendiquer que son corps m'appartient comme le mien lui appartient. Sa langue se glisse entre mes lèvres ; je suis fichu. Daphne Gallo me met sens dessus dessous, elle me tient.

Je glisse ma main dans son dos tandis qu'elle relève ma chemise pour toucher ma peau. Elle grogne de plaisir en suivant des doigts les muscles saillants de mes abdos. J'en ai la chair de poule.

Mes lèvres descendent le long de sa mâchoire jusqu'à son cou, là où son cœur palpite au rythme du mien. Quand je lèche sa peau douce et mordille la base de son cou près de son épaule, elle serre ses genoux contre moi. C'est son point sensible, celui qui la fait frissonner dans mes bras.

Elle agrippe mes cheveux dans ses doigts en renversant la tête en arrière, me laissant la voie libre. Je me lève, mes lèvres toujours contre elle, et elle s'accroche à moi. Dans mes bras, elle maintient ma tête dans son cou alors que je marche vers la chambre.

— J'ai envie de toi, murmure-t-elle quand je la dépose sur le lit et couvre son corps avec le mien.

— Moi aussi, j'ai envie de toi, dis-je contre sa peau.

Je descends le long de son corps, déboutonne sa chemise et l'enlève. Ses genoux tombent de part et d'autre.

— Plus bas, me dit-elle.

Je ne peux pas m'empêcher de sourire devant le penchant autoritaire de Daphne qu'elle a même au lit.

Quand je fais glisser son pantalon sur ses jambes, découvrant sa culotte en dentelle, elle soupire de satisfaction et se détend sur le lit. J'ai l'eau à la bouche, j'ai tellement envie d'être profondément en elle que j'en ai le souffle coupé. Mais je savoure ce moment où je mène la danse doucement avant de basculer dans ce qu'elle attend : la partie bestiale.

Je plonge mes doigts sur les côtés de sa culotte et

tire dessus jusqu'à pouvoir l'enlever et la jeter au sol derrière moi. Elle lève son bassin, toujours impatiente et gourmande – et c'est ce que j'aime chez elle.

Ses genoux retombent sur le matelas quand je pose ma bouche contre elle et suce doucement son clitoris. Elle pousse un cri et remonte les fesses vers moi en m'offrant son sexe. Je le prends dans ma bouche et le dévore de ma langue et de mes lèvres, me régalant de son goût.

Je choisis mes mouvements en suivant son langage corporel, la touchant comme elle le désire.

— Oui ! crie-t-elle en levant ses fesses vers mon visage, broyant presque son sexe contre moi.

Je veux lui donner son orgasme. Je veux lui donner son plaisir, mais pas comme ça. Je veux m'enfoncer profondément en elle et laisser mon empreinte à l'intérieur d'elle. Je veux la posséder.

Quand je détache ma bouche de son corps, elle ouvre de grands yeux.

— Qu'est-ce que tu fais ?

Je défais mon pantalon et le repousse par terre.

— *Bella,* je veux te faire l'amour. Je veux sentir ton corps se resserrer autour moi et brûler de désir, avoir besoin de moi.

— Mais j'étais…

Je m'approche de son visage et plonge mes yeux dans les siens.

— Tu vas jouir, ma belle. Je vais m'en assurer.

Quand je rentre mon sexe le plus lentement du monde dans la chaleur du sien, elle plante les doigts dans la peau de mon dos. On se met à tanguer ensemble, à court de souffle, souhaitant que ce moment ne finisse jamais.

Je fais l'amour à Daphne. Tout d'abord doucement et tendrement puis, quand elle est prête et que j'en ai finalement envie, je la percute avec force jusqu'à ce qu'elle ne puisse plus articuler le moindre mot.

CHAPITRE 19
DAPHNE

— TU ES PRÊT ?

Aujourd'hui, c'est le grand jour. Nos pères ont accepté de passer un court moment ensemble afin de discuter de notre relation et de leur futur petit-enfant. Ils se comportent d'une façon idiote et ridicule, qui dépasse les bornes. Je ne comprendrai jamais pourquoi les hommes font ce genre de trucs débiles et insensés, et l'âge n'a pas l'air d'arranger les choses.

Leo se penche vers moi et m'embrasse sur la tête.

— Ça va bien se passer.

Je ne sais pas qui de nous deux il essaie de convaincre.

Mon père voulait que Mario vienne au bar pour leur réunion, mais on savait tous que c'était une idée désastreuse. J'ai vu assez de films sur la mafia pour savoir qu'il vaut mieux un lieu neutre pour parler. Aucun chef de la pègre ne voudrait mettre les pieds en territoire ennemi, même si c'est pour accorder une trêve.

Leo a invité les deux hommes à s'entretenir en privé dans son appartement. Il s'est dit que c'était le seul endroit qui puisse avoir du sens. Il a convié son père un peu plus tôt parce que je n'ai pas encore eu le plaisir – terme très approximatif – de rencontrer le grand Leo Conti.

— Et si ce n'est pas le cas ?

Je vérifie mon maquillage dans un miroir pour la troisième fois au bas mot. Je veux paraître parfaite.

Je suis d'un tempérament sceptique, et c'est pire quand il s'agit de mon père. Je ne sais pas à quoi m'attendre avec le père de Leo, mais il paraît qu'il est tout aussi coriace que le mien. Donc, autant dire qu'on est cuits, à moins qu'ils passent outre leurs conneries dans l'intérêt de leur futur petit-enfant.

Leo presse mes épaules dans ses mains en se tenant dans mon dos. Alors que je fixe mon reflet dans le miroir, il me dit :

— Fais-moi confiance. Ils ont beau être têtus comme des mules, ils ne sont pas stupides. Ça va aller, Daphne, ajoute-t-il quand je lui adresse un sourire dubitatif dans le miroir.

— Pourquoi suis-je si nerveuse ?

J'ai eu du mal à appliquer mon maquillage tout à l'heure, mes mains tremblaient tellement que je n'arrivais pas à tracer un trait droit sous mes yeux. Il va se jouer beaucoup de choses pendant cette réunion et je sais à quel point ça risque de dégénérer. Si mon père et Mario ne trouvent pas de terrain d'entente… En fait, je ne veux même pas penser à ce que ça impliquerait pour mon bébé, *notre bébé*, à l'avenir.

Avant que Leo puisse me répondre, le concierge appelle pour nous prévenir que Mario Conti vient de prendre l'ascenseur. Je secoue les mains pour essayer de chasser un peu ma nervosité avant que le spectacle commence.

— Détends-toi, dit Leo, comme si c'était si facile.

Ce comportement est vraiment propre aux hommes. Mes trois frères ne sont presque jamais troublés par quoi que ce soit. Je ne les vois jamais s'inquiéter en faisant les cent pas ou déboucher un tube de Xanax comme si leur vie en dépendait. C'est typiquement un truc de femme. Et je ne suis pas sexiste, je suis réaliste. Les hommes laissent les problèmes glisser sur eux en se disant que ce qui est fait est fait et que ce qui doit arriver arrivera. Ils ne perdent pas leur énergie à se torturer à propos des conneries qu'ils ont faites. Je ne me croyais pas d'une nature inquiète, mais avec l'âge et maintenant avec le bébé en route, mon niveau de stress est ridicule-ment démesuré.

L'ascenseur sonne en arrivant à l'étage. Les portes s'ouvrent sur une réplique de Leo, un homme tout aussi beau, en plus vieux. Monsieur Conti avance dans l'en-trée en regardant quelque chose sur son portable. Il

porte un costume trois-pièces et des chaussures tellement cirées que je pourrais me voir dedans ; ses
cheveux sont parfaitement coiffés. On le croirait tout
droit sorti d'une édition de *GQ magazine* spéciale vieux
beaux.

Il me jauge froidement des pieds à la tête avant de
me regarder dans les yeux. Il ne sourit pas et je n'ai
aucun moyen de savoir ce qui peut bien se passer dans
sa tête.

— Pop, c'est aimable à toi de te joindre à nous, dit
Leo en accueillant son père de façon formelle.

Je n'ai jamais accueilli le mien d'une telle façon.

Son père détache son regard de moi un moment pour
observer son fils et j'apprécie cet instant de répit, même
s'il est fugace.

— Leo, dit-il d'un ton froid avant de revenir à moi.
Vous devez être Daphne.

Quand il s'avance vers nous, le hall d'entrée semble
tout à coup trop petit pour nous trois.

— Je suis heureuse de faire votre connaissance,
monsieur Conti.

Je trouve le moyen de sourire, même si je n'ai
qu'une seule envie : partir en courant pour aller me
cacher.

Il m'observe un moment sans dire un mot. Je suis au
bord de l'hyperventilation. Je voudrais m'excuser et
m'éclipser n'importe où ailleurs qu'ici.

— Je comprends pourquoi mon fils est tant épris de

vous, me dit-il en esquissant ce qui me semble être un sourire.

Je jette un coup d'œil à Leo comme un appel à l'aide.

— Merci, monsieur.

Je reste protocolaire. Fidèle à mon éducation, je respecte mes aînés ; on m'a fait rentrer ça dans le crâne quasiment à coups de marteau quand j'étais petite.

— Appelle-moi Mario, s'il te plaît, dit-il en inclinant la tête et en faisant un autre pas vers nous.

Je me retiens de faire marche arrière et de m'enfuir, sachant que ça n'aiderait pas à arranger la situation ni à gagner les faveurs du père de Leo.

— Mario, dis-je doucement.

Mario attrape ma main et la porte à ses lèvres.

— Tu es devenue une très belle femme, Daphne.

Il me fait un baise-main d'une telle délicatesse que je sens à peine ses lèvres sur ma peau.

J'oublie parfois que les Conti ont vécu dans notre quartier. Je ne me souviens pas d'un temps où la paix régnait au lieu du bordel permanent dans lequel mon père a précipité ma famille ces deux dernières décennies.

Leo m'attire vers lui dès que Mario relâche ma main.

— Est-ce que tu voudrais boire un café, Pop ? demande Leo en nous guidant vers le salon comme s'il essayait de mettre de la distance entre son père et moi.

— Je prendrai un verre de vin, répond Mario en nous suivant.

— Merci d'être venu aujourd'hui, dis-je tranquillement en posant une main sur mon ventre. Ça nous touche beaucoup.

Mario s'installe dans le canapé en face de moi et me dévisage de son regard d'acier.

— On va faire partie de la même famille, dit-il un moment plus tard.

J'acquiesce et tire sur le bord de ma jupe pour couvrir mes genoux.

— En effet !

Je me mets à rire sans savoir pourquoi. J'aimerais tellement boire un peu de vin moi aussi ! Les moments gênants passent toujours mieux en buvant un petit coup.

Mario prend le verre que Leo lui tend. Il ressemble vraiment plus à un homme d'affaires qu'à un mafieux sans pitié. On reste assis sur les canapés, Leo et moi d'un côté de la pièce et Mario de l'autre, dans un silence embarrassant. Dans ce genre de situation, je me mets toujours à parler pour combler le vide. Dans ma famille, le silence est quelque chose d'inhabituel. On peut même dire qu'avec trois frères et une mère très bavarde, le silence est presque impossible.

— Leo m'a dit que vous aviez déjà des petits-enfants, dis-je en essayant de trouver un sujet de discussion possible.

— Ah, oui, répond-il avant de se taire en portant son

verre de vin à ses lèvres. Alicia a toujours été une enfant à problèmes, déclare-t-il quand il reprend la parole.

Alicia est une des sœurs de Leo et, d'après ce que j'ai entendu sur elle, elle pose effectivement des problèmes. Si je ne connaissais pas certains antécédents, j'aurais été interloquée d'entendre Mario parler ainsi de sa fille. Mais étant au fait de sa propension à passer d'un lit à un autre, je comprends que son père ne soit pas fier de ses bêtises.

— Pop, le prévient Leo. Sois gentil.

— J'aime mes petits-enfants. Je ne pourrais pas chérir leurs petits minois plus que je ne le fais déjà. Mais ma fille… dit-il en soupirant et en secouant la tête. Elle fait toujours des choix de vie contraires à ceux que j'aurais souhaités pour elle.

Mario essaie de rester courtois. D'après le portrait que m'a dressé Leo de lui, il se montre sous son meilleur jour en ce moment, assis dans ce canapé à attendre mon père. Si je remplace le nom d'Alicia dans sa phrase par celui de Leo, je comprends qu'il n'est pas très content des choix de Leo non plus. Quand il avait imaginé son fils avoir des enfants, je suis sûre que ce n'était pas avec la fille de son ennemi juré.

Mario se penche et dépose son verre de vin sur la table basse entre nous.

— Je peux vous parler franchement ? demande-t-il en posant son coude sur sa jambe, près de son genou, nous regardant par-dessus la monture de ses lunettes noires.

— Bien sûr, dis-je avant que Leo puisse répondre. Je n'aime pas l'hypocrisie, Mario.

— Quand j'ai entendu parler de votre relation, on ne peut pas dire que j'aie été content.

Mario frotte ses mains devant lui en fixant le parquet un instant.

— Mais je vois mon fils te regarder comme je regardais sa mère avant qu'elle accepte d'être ma femme. Rien ni personne n'aurait pu changer mes sentiments pour elle.

Je ne dis rien. Je me contente de regarder Leo qui a justement les yeux posés sur moi. Je ne suis pas sûre de pouvoir trouver une réponse appropriée à donner à Mario et décide donc d'écouter et de me taire, pour une fois.

— Mon consentement est inutile, mais je tiens à le donner, dit-il. Je veux ce qu'il y a de mieux pour le premier enfant de mon fils.

Il y a de la misogynie dans ses paroles, un sexisme qui me saute aux yeux comme le nez au milieu de la figure. On fait toujours toute une histoire autour des hommes qui deviennent pères dans les familles italiennes, ce qui les fait passer devant tout le monde.

— Je ferai de mon mieux pour arranger les choses avec ton père. Dans l'intérêt de mon petit-enfant à venir et pour l'avenir de nos familles.

On progresse.

Leo baisse les yeux sur son téléphone qui vient d'émettre une brève sonnerie.

— Ton père est là, me dit-il en posant sa main sur la mienne avant de la serrer doucement.

Mario imite Leo en se levant mais je les devance en atteignant la première les portes de l'ascenseur. Je veux être le premier visage que mon père verra en entrant dans l'appartement de Leo.

— Papa, dis-je dès qu'on se retrouve nez à nez.

Il s'est mis sur son trente-et-un. Il est tout aussi élégant que monsieur Conti et porte lui aussi un costume trois-pièces et des chaussures fraîchement cirées.

Mon père n'est pas très costard. Il en a, mais ne les porte en général qu'aux enterrements et aux mariages. Je me demande auquel des deux événements cette réunion s'apparente. Peut-être à un peu des deux. Une partie de sa vie prend fin et un nouveau chapitre s'ouvre.

Mon père m'entoure de ses bras et je le sens se raidir quand Mario arrive derrière moi. Je lui rappelle d'être gentil aujourd'hui et précise :

— Il s'agit du bébé, pas de ton ego.

Il m'embrasse sur la joue, recule d'un pas et sourit.

— Je sais comment m'y prendre avec des hommes comme Mario, me dit-il sans se douter que c'est justement ça qui me fait peur.

Je voudrais qu'ils enterrent la hache de guerre, mais

je ne sais même pas si c'est faisable, avec toute l'animosité qu'il y a entre eux. Des années de guerres de territoire, de meurtres et de traîtrises rendent une trêve presque impossible. Ces deux hommes doivent passer outre leurs affaires par amour pour leurs enfants et leur petit-enfant à naître.

— Santino, dit Mario quand mon père s'écarte de moi.

Mon père incline la tête.

— Mario.

Bon, c'est un début. Ils sont dans la même pièce depuis trente secondes et il n'y a pas eu d'effusions de sang.

On avance à pas de puce. C'est bien.

Leo passe un bras dans mon dos et me tient la hanche, fermement.

— Passons au salon, si vous le voulez bien, dit-il aux deux hommes qui se regardent de la tête aux pieds.

J'avance d'un pas et soudain, je me plie en deux comme si quelqu'un venait de me frapper dans le ventre.

— Daphne, s'exclame Leo, paniqué.

Je porte les mains à mon ventre. J'ai du mal à respirer, j'ai l'impression qu'on essaie de faire sortir mon utérus par mon nombril.

— Quelque chose ne va pas !

CHAPITRE 20
LEO

— JE SUIS sûre qu'elle ira bien, me dit mon père dans la salle d'attente.

Je fais les cent pas, en passe de creuser un sillon dans le sol recouvert d'un linoléum blanchâtre.

— Je n'arrive pas à croire qu'ils m'empêchent d'y aller.

L'infirmière m'a pratiquement poussé hors des urgences, me disant qu'ils avaient des examens à faire et que je devais aller me détendre en salle d'attente pendant qu'ils s'occupaient de Daphne et du bébé.

— Il fut un temps où les pères n'étaient même pas autorisés à rester en salle d'accouchement pendant la naissance de leur enfant. Tu t'en souviens ? demande mon père à Santino, essayant de se montrer plus amical que je ne l'ai vu faire depuis des années.

— La vie était plus facile en ce temps-là, lui répond Santino. Plus simple.

À part la petite conversation entre mon père et Santino, le seul bruit dans la pièce est celui de mes semelles qui frappent le sol. Je traverse toute la salle en sept pas rapides, tourne sur les talons et repars dans l'autre sens. Je suis incapable de rester immobile à bavarder pour parler du bon vieux temps.

Je regarde l'heure à ma montre en me demandant ce qu'il peut bien se passer. Ça fait une heure qu'ils l'ont amenée là derrière et, contrairement à ce qu'ils m'avaient promis, je n'ai eu aucune nouvelle, aucun compte-rendu.

Je marche jusqu'au bureau de la réception et jette un œil aux dossiers apparents à la recherche du moindre document qui porterait le nom de Daphne.

— Je peux vous aider, monsieur ? me demande l'infirmière en levant les yeux de son ordinateur.

— Je suis avec Daphne Gallo. Y a-t-il du nouveau sur son état de santé ?

Elle pianote sur son clavier et secoue la tête.

— Il n'y a pas eu de mise à jour en ligne pour le dossier, mais je suis sûre qu'un médecin ne va pas tarder à venir vous voir.

Ses mots ne m'apportent aucun réconfort. Je n'ai pas l'habitude d'être mis sur la touche à attendre les nouvelles.

— Leo, dit monsieur Gallo qui a quitté la salle d'attente pour venir me rejoindre. Tu dois te calmer. Je sais que c'est dur, ajoute-t-il en attrapant mes épaules pour me regarder droit dans les yeux. Mais Daphne a besoin que tu restes calme et que tu ne pètes pas les plombs. Tu m'entends ?

J'acquiesce et pose mes poings serrés sur mes hanches.

— Je serai fort, monsieur Gallo. Mais tant que je ne saurais pas si elle va bien, il est possible et même fort probable que je pète les plombs.

— Daphne est une guerrière, me dit-il pour essayer de me rassurer.

— Monsieur Conti ? lance une femme dans l'embrasure de la porte entre la salle des urgences et le reste de l'hôpital.

— Ici !

Je souffle un bon coup et me dirige vers elle.

— Je peux la voir, maintenant ?

Elle acquiesce.

— Elle ne peut voir qu'une seule personne pour le moment, et mademoiselle Gallo vous demande.

Son père me fait signe d'y aller.

— Allez, va la rejoindre. Je t'attendrai. On n'ira nulle part, ton père et moi.

J'emboîte le pas à l'infirmière dans un couloir rempli de chambres où des patients gémissent, branchés à des machines aux bips-bips agaçants.

— Elle se repose, me dit l'infirmière en me

montrant une porte. Le médecin va venir vous donner son compte-rendu.

J'entre sans faire de bruit pour ne pas la réveiller. Elle est allongée sur le lit, recouverte d'une fine couverture blanche. Elle a les yeux fermés et les mains posées sur son ventre de façon protectrice. Je m'assois doucement sur une chaise à côté d'elle. Je n'ose pas la toucher et fais de mon mieux pour la laisser se reposer.

Elle tend une main sur le côté et murmure :

— Leo, ils ne veulent rien me dire.

— Chut, *bella*, dis-je en attrapant sa main pour la serrer doucement dans la mienne. Le médecin va venir.

— Et si quelque chose ne va pas ? demande-t-elle, paniquée.

— Tout ira bien. Je sais que tout ira bien, dis-je parce que c'est ce que je préfère croire.

Un médecin entre dans la chambre. Il n'a pas l'air plus âgé qu'un étudiant. Il consulte un dossier en tournant des pages avant de lever les yeux vers nous.

— Mademoiselle Gallo.

Je réponds « oui » à la place de Daphne.

Il tourne une autre page sans se soucier de notre angoisse, nous mettant à l'agonie.

— Tout d'abord, le bébé est en parfaite santé.

Je souffle enfin, soulagé comme si on venait de m'ôter un poids des épaules.

— Étiez-vous soumise au stress quand vous avez eu les premières contractions ?

— À un léger stress, dit-elle en se redressant un peu sur le brancard.

Un léger stress est ce qu'on ressent quand on va être en retard à une réunion et qu'on est coincé dans les embouteillages. Ce qui s'est passé à mon appartement relève plutôt d'une alerte rouge pendant la Guerre Froide.

— Il va falloir éviter les situations de stress un maximum. Et manger plus d'aliments fibreux. Vous êtes constipée, ce qui a aggravé les contractions.

Je me mets à rire, la main devant la bouche.

Daphne me fusille du regard.

— Tu trouves ça drôle? demande-t-elle avant d'émettre un rire sarcastique. Ha, ha. Je suis constipée.

— *Bella*, dis-je en me penchant vers elle pour embrasser son front. Je savais que tu étais dans la merde, le docteur ne fait que le confirmer.

Elle frappe mon bras. Le soulagement ne lui donne pas envie de plaisanter comme moi.

— Merci, docteur.

Il ferme le dossier et le glisse sous son bras.

— Essayez d'éviter tout stress durant les prochaines semaines, par précaution.

— Je ferai en sorte qu'elle se repose.

Je ne lui permettrai pas de mettre sa vie ou celle de notre bébé en danger.

— L'infirmière va venir régler les détails de votre sortie.

— Est-ce que je peux me rhabiller, lui demande-t-elle avant qu'il ait quitté la pièce.

— Oui, mais levez-vous lentement.

Daphne souffle en levant les yeux au ciel.

Je sais que ce style de vie où il faut faire attention à tout ne va pas lui plaire. Je vais devoir trouver des moyens détournés pour lui faire lever le pied. Si elle sent que je la dirige, je suis foutu.

Elle entreprend de se lever et je l'attrape par les épaules.

— Que fais-tu ? demande-t-elle en regardant mes mains d'un air mauvais.

— Rien, dis-je rapidement sans la lâcher pour autant. Je t'aide, c'est tout.

— Je ne suis pas en sucre.

Elle essaie de repousser mes mains mais je les resserre.

— C'est pour le bien du bébé.

J'ai dit les mots magiques, parce qu'elle arrête immédiatement de se débattre.

— Très bien, murmure-t-elle en cherchant ses vêtements. Mais c'est juste pour la sécurité du bébé.

Pendant qu'elle s'habille, je demande à une infirmière de signaler à nos pères qu'ils peuvent nous rejoindre en attendant les papiers de sortie. Je sais que malgré leur apparente nonchalance, ils sont inquiets aussi.

— Daphne, dit monsieur Gallo en se précipitant vers

elle, tandis qu'elle se tient debout dans la chambre, tout habillée. Est-ce que tout va bien ?

Mon père le suit de près.

— Le bébé va bien ?

— Tout va bien, dis-je en laissant de côté le problème de constipation. Elle doit éviter les situations de stress. Elle en a eu trop aujourd'hui.

— Je suis désolé, dit mon père.

Je hausse les sourcils, parce que c'est peut-être la première fois que je l'entends s'excuser.

— Vous devez tous les deux régler vos contentieux avant que ça n'affecte notre enfant. Votre petit-enfant, dis-je avec insistance pour leur rappeler qu'une part d'eux-mêmes grandit dans son ventre à elle.

— Oui, oui, bien sûr, répond monsieur Gallo et jetant un coup d'œil à mon père. On en a discuté dans la salle d'attente. Tout ce qui s'est passé restera dans le passé.

— Mon fils, dit mon père en posant une main sur mon épaule. Santino dit la vérité. Nous avons enterré la hache de guerre.

Je le regarde, sceptique.

— Dans l'intérêt de notre petit-enfant, ajoute-t-il.

— Et qu'en est-il de Johnny ?

Je sais qu'il va prendre le relais de Santino et que ça ne fait que déplacer le problème.

— J'ai organisé une réunion. On va mettre les

choses à plat. La ville est assez grande pour qu'on trouve un arrangement.

Daphne me dévisage, aussi éberluée que moi de les entendre parler de la situation avec autant de maturité. On a chacun vu ces hommes toute notre vie cracher l'un sur l'autre, prêts à se battre à mort.

Même s'ils se montrent on ne peut plus aimables, je me doute qu'un jour ou l'autre, la compétition entre eux reviendra sur le tapis. Au moment de Noël ou des anniversaires, aucun ne voudra être le grand-père à deux francs six sous qui offre des cadeaux pourris. Ça me va. Qu'ils gâtent notre enfant et le couvrent de cadeaux si ça leur chante.

— Je vais emmener Daphne faire un break pendant un temps.

— Ah bon ? demande-t-elle en se tournant vers moi. On n'a pas parlé de ça, mon cœur, me dit-elle dans un sourire crispé en parlant sans bouger les lèvres.

— Ça nous ferait du bien à tous les deux.

— Je ne peux pas laisser mes frères au bar en sous-effectif.

Son père répond précipitamment :

— Je prendrai ta place.

Elle tourne la tête vers lui.

— Arrête, papa…

— Je vais le faire, dit-il en levant les mains en l'air. Je suis à la retraite, maintenant, j'ai tout mon temps. Et je veux m'assurer que mon petit-enfant est en bonne santé.

— Notre petit-enfant, le reprend mon père dans le cadre de leur nouvelle compétition.

— Je ne sais pas, répond Daphne en regardant par terre.

Je pose mes doigts sous son menton et lève son visage vers moi.

— Ils peuvent se débrouiller.

Elle cède finalement et murmure :

— OK.

CHAPITRE 21
DAPHNE

JE PRENDS le soleil à la terrasse d'un charmant petit café dans le parc de la ville. Les montagnes s'élèvent au-dessus des immeubles comme si elles cherchaient à atteindre le paradis alors qu'elles s'y trouvent déjà.

Après un mois en Italie, je parle toujours la langue de mes ancêtres comme un pied. Leo me sauve en faisant l'interprète avec autant de facilité que s'il était né ici.

— Je pourrais vivre ici toute ma vie, dis-je en renversant la tête en arrière pour exposer mon visage au soleil.

Ici, c'est la douceur de vivre. On ne court pas d'un endroit à l'autre, il n'y a pas d'embouteillages et les sirènes de police ne hurlent pas à toute heure de la nuit.

Le petit village pittoresque de Castel di Sangro, bordé par la vallée entre les montagnes luxuriantes et la formidable ville natale des grands-parents de Leo, correspond tout à fait à l'idée que je me faisais de mon pays d'origine.

— On pourrait acheter une maison et élever le bébé ici, dit Leo en portant sa tasse de café à ses lèvres.

Je le regarde et secoue la tête.

— Je ne peux pas quitter ma famille. Et j'ai besoin de ma mère par-dessus tout, surtout avec la venue du bébé.

Je touche l'endroit où mon ventre s'arrondit enfin, rendant la grossesse terriblement réelle.

— On pourrait venir passer les étés ici, au moins.

Je hoche la tête. L'idée me plaît. Qu'imaginer de mieux qu'échapper à la ville hostile et bruyante pour venir profiter de cette campagne verdoyante et paisible au passé fascinant ?

— Tu vois cette église ? me demande Leo en montrant à l'autre bout du parc un édifice blanc à trois niveaux qui a connu des jours meilleurs. Mes arrière-grands-parents se sont mariés là, tout comme leurs parents avant eux.

J'observe Leo. Parler de choses et d'autres sans but ou donner d'inutiles informations n'est pas son genre.

— C'est très touchant, dis-je en souriant, tout en admirant la beauté de la bâtisse ancienne.

— Je me demandais… dit-il avant de reposer sa tasse sur la table et de prendre ma main. Que dirais-tu de nous marier ici ?

Je réponds rapidement :

— OK.

— Parce que le bébé sera bientôt là, et j'aimerais vraiment…

Il s'arrête et fronce les sourcils, prenant conscience de ma réponse.

— Attends… Quoi ?

Je sais qu'il ne s'attendait pas à ce que je dise oui, alors je répète :

— J'ai dit OK.

Son beau visage se détend et se fend d'un large sourire.

— Je croyais que tu allais me donner du fil à retordre.

Je fais non de la tête. C'est exactement les bases que je veux donner à notre famille : implantées dans l'histoire et les traditions, l'amour et la joie. Je réponds :

— C'est parfait.

Il se lève, prend ma main et m'attire dans ses bras.

— Tu fais de moi l'homme le plus heureux du monde, *bella*.

Je lève mon visage vers lui pour regarder ces yeux couleur miel, sombres et ensorcelants qui ont eu raison de moi il n'y a de cela pas si longtemps.

— Je veux qu'on soit une famille, Leo, dans tous les sens du terme.

Il se penche vers moi et pose ses lèvres sur les miennes. Comme chaque fois qu'il m'embrasse, j'en ai le souffle coupé. Je passe mes bras autour de sa taille et le serre contre moi, rêvant de pouvoir rester comme ça pour toujours.

— Que penses-tu de demain ? me demande-t-il.

— Quoi, demain ?

Il me serre contre lui.

— On se mariera demain.

— C'est trop tôt. Je dois…

Mais il me coupe la parole :

— Ta famille est déjà en chemin. Je t'ai pris un rendez-vous en ville pour la robe de mariée et les alliances sont presque prêtes.

Je cligne des yeux plusieurs fois, complètement sidérée.

— Comment ?

Il ne m'a presque pas quittée depuis qu'on est là. Comment a-t-il pu trouver le temps d'organiser un mariage et de faire venir ma famille en Italie ? Ça me dépasse. J'ai eu pour ma part le plus grand mal à réunir assez d'énergie pour tenir jusqu'au coucher du soleil tous les soirs et j'ai dû faire au moins une petite sieste par jour.

— Pendant que tu dormais, répond-il en passant ses lèvres sur les miennes.

Je bredouille :

— Oh, eh bien… Demain alors.

J'essaie d'intégrer l'information. Demain, je ne serai plus Daphne Gallo, mais Daphne Conti. Je me demande quel serait l'avis de Leo si je décidais de porter les deux noms avec un trait d'union, mais c'est une discussion qui peut attendre un jour de plus.

— Une licence de mariage. Il nous en faut une.

— Je m'en suis occupé, et ça concerne plus nos vœux devant Dieu que la loi.

Alors j'imagine qu'il n'y a pas d'urgence à discuter des formalités concernant le nom de famille que j'utiliserai. Je mets ça de côté. Je ne veux pas gâcher ce jour magnifique.

— À quelle heure ma famille arrive-t-elle à l'aéroport ?

— Ta mère va te rejoindre au magasin pour la robe. Ton père et tes frères sont déjà à l'hôtel.

— Et ton père ?

— Il est à l'hôtel aussi.

Je suis sans voix. Pendant notre absence, nos pères ne se sont pas entretués, chose très inattendue. Ils ont maintenu la paix sans qu'on n'ait eu besoin de s'en mêler pour leur rappeler leur promesse. C'est un miracle des temps modernes.

Leo prend mon visage dans ses mains et me regarde.

— Je t'aime, Daphne. Je veux que ce jour soit parfait. Je veux que tu t'en souviennes toute ta vie.

— Je m'en souviendrai toute ma vie.

Je pose mon front contre ses lèvres et reste comme ça, sur un petit nuage, à me délecter de sentir ses mains sur mes joues.

Quand on passe la porte d'entrée de la charmante petite boutique de robes non loin du café, ma mère pousse un cri et se précipite vers moi en ouvrant les bras. Je cours vers elle, oubliant Leo un instant. Elle m'a manquée plus que quiconque, ce dernier mois.

— Mama, dis-je en la serrant si fort contre moi qu'on ne peut quasiment plus respirer.

— Mon bébé, tu m'as tellement manquée, dit-elle en enfouissant son visage dans mes cheveux comme elle le faisait quand j'étais petite. Tu as l'air si heureuse.

Je murmure à son oreille que je le suis et la serre encore une fois dans mes bras avant de la relâcher.

— Madame Gallo, dit Leo qui se tient derrière moi.

Ma mère me pousse de côté et se jette sur Leo comme si elle comptait lui faire un plaquage au lieu d'un câlin. Il en tombe presque à la renverse.

— J'aime beaucoup faire des câlins, lui dit-elle comme s'il ne s'en était pas déjà rendu compte.

— Eh bien, ça tombe bien, j'adore les câlins.

Il se met à rire en me regardant par-dessus ma mère qui fait une bonne tête de moins que lui.

— Je suis tellement contente de vous revoir, dit-elle en reculant d'un pas et en palpant sa poitrine. En plus, pour un heureux événement et non des moindres !

Je rêve : elle lui malaxe les pecs, elle le pelote carrément ! Ça n'a pas l'air de déranger Leo. Il reste immobile et la laisse le toucher.

— Je suis vraiment ravi que Daphne ait dit oui,
confesse-t-il.

— Le contraire aurait été embarrassant, répond ma
mère en me jetant un coup d'œil par-dessus son épaule.
A-t-elle montré beaucoup de résistance ? ajoute-t-elle à
voix basse.

— Je t'entends…

— Oh, lâche-t-elle avant de se mettre à rire.

Je tire ma mère en arrière pour la détacher de la
poitrine de Leo.

— Je n'ai pas montré de résistance. Leo a tout fait
pour qu'il en soit ainsi.

— On devrait s'y mettre. On n'a pas toute la journée
devant nous et tu as beaucoup de robes à essayer.

— Elle pourrait s'habiller d'un sac, elle serait
toujours aussi belle, dit Leo à l'attention de ma mère
avant de m'embrasser sur la joue. Ne regarde pas les
prix, *bella*. Achète tout ce que tu veux.

Ma mère applaudit.

— Un homme selon mon cœur, dit-elle en regardant
Leo comme s'il était le prince charmant. Maintenant,
sors d'ici. Il ne faut pas que tu voies la robe.

Elle le repousse vers la porte.

— Amusez-vous bien, les filles, lance Leo avant de
nous laisser seules.

— Dis-moi qu'il a quand même des défauts.

— *Ma*, dis-je en la regardant de travers.

— Quoi ? Je suis peut-être vieille mais je ne suis pas insensible !

— Bientôt, c'est ta robe de mariée qu'on ira choisir.

Je me demande ce qu'il en est de leur projet de mariage.

— Ton père veut qu'on s'enfuie à Las Vegas pour être mariés par un imitateur d'Elvis ! dit-elle en roulant des yeux sous ses paupières.

— Vegas, ça peut être sympa.

— Un ancien mafieux dans une ville de gangster n'est pas une association très astucieuse, ma chère.

— Oui.

Je n'avais pas pensé à Vegas sous cet angle-là. Et vu que mon père vient à peine de changer de vie, ça pourrait être une idée vraiment désastreuse.

— On fera une fête de mariage au bar en invitant les voisins, conclut-elle en agitant ses mains vers les robes. Je n'ai pas besoin de tout ça après avoir passé trois décennies avec lui.

Il faudra que je souffle un mot à mon père. Ma mère mérite une sacrée cérémonie pour avoir supporté ses conneries pendant toutes ces années. À sa place, je ne serais pas restée à attendre qu'il mûrisse en priant tous les soirs pour qu'il ne finisse pas à la morgue.

— Tu ne seras jamais trop vieille pour un peu de romantisme, *Ma*.

Je regarde Leo. On se tient devant l'autel de la vieille église où notre famille est venue partager une cérémonie intimiste. Le prêtre est italien ; il ne parle que quelques mots de mauvais anglais, mais ça ne fait rien.

— Tu es très belle, articule Leo en silence alors que le prêtre récite une prière pour bénir nos alliances et notre union.

J'ai choisi la robe pour lui. Je voulais l'impressionner en jouant la carte de l'élégance. Le tissu en soie couvre mes pieds et moule mon corps à la perfection, soulignant même mon ventre arrondi par notre enfant.

Leo porte un costume noir et une cravate argentée. Il est tout aussi séduisant que le soir où on s'est rencontrés. Voilà où ça nous a menés : j'ai fini enceinte à l'écouter me supplier de l'épouser.

Ma mère renifle au premier rang. Elle est toujours la première à pleurer aux mariages. Je n'aurais pas pu organiser une plus belle cérémonie. Je n'ai pas besoin d'une réception m'as-tu-vu avec une centaine d'invités pour déclarer mon amour et ma dévotion à mon futur époux et au père de mon bébé.

J'ai appris beaucoup sur Leo, moi-même et la vie en général, depuis qu'on a quitté notre quotidien mouvementé pour faire ce voyage. La vie est courte et douce, on doit la savourer comme un bon vin au lieu de se l'enfiler comme une bière bon marché. L'Italie m'a aidée à réaliser ça. Pas besoin de se précipiter pour aller où que ce soit. Les repas sont un réel événement et non une simple nécessité. Tout est une question de plaisir.

À Chicago, tout va trop vite, le rythme est frénétique et anxiogène. Aujourd'hui, après être partie si long-temps, j'ai besoin de la simplicité des petits villages bordés de rues pavées qui s'éparpillent autour du centre comme les fils d'une toile d'araignée.

Hier soir, après le dîner, j'ai dit à Leo qu'à notre retour je lèverai le pied. Je suis sûre qu'il a cru que je plaisantais, mais c'est vrai. Il n'y a aucune chance pour que je m'acharne à tenir un business à tout prix quand rien ne m'y oblige. Je mettrai la main à la pâte, mais finir de nuit cinq jours sur sept toutes les semaines, c'est fini pour moi. Je veux être une mère qui passe du temps à la maison à câliner et à gâter son enfant comme ma mère l'a fait pour mes frères et moi.

Les souvenirs sont notre héritage. Les traces qu'on laisse ne sont pas dues à nos heures de travail ou à la taille de notre compte en banque. Seuls nos actes marquent l'esprit des gens. Comment on traite les autres, le temps qu'on passe à les écouter, la profondeur de notre amour, voilà ce qui restera bien après qu'on soit parti. Je veux laisser des souvenirs qui vivront au-delà de ma propre existence. Je veux qu'on se souvienne de moi pour avoir touché des âmes et laissé une empreinte indélébile dans les cœurs.

Je veux que mes amis, ma famille et mon enfant se

souviennent de moi pour l'amour dont je les aurais couverts et non pour le temps que j'aurais sacrifié au bar d'un quartier du sud de Chicago.

Je veux que mon héritage soit irréfutable.

ÉPILOGUE

DAPHNE

SEPT MOIS *plus tard*

— Respire, dit Leo en repoussant une mèche de cheveux humides sur mon front. Souviens-toi de Lamaze.

Je râle et grince des dents. Je me demande comment j'ai pu aimer l'homme qui m'a mis dans une situation pareille.

— Je respire, putain ! dis-je avant de me mettre à hurler quand une nouvelle contraction atteint son paroxysme, me prenant complètement au dépourvu.

Je voudrais lui arracher les yeux. Et surtout, je voudrais lui arracher la queue, pour être sûre que tout ça ne m'arrive plus jamais. Toutes les séances et tous les livres du monde ne seront jamais suffisants pour préparer quelqu'un à ce travail. Je sens mon corps lentement se déchirer en deux, et il n'y a rien que je puisse faire pour éviter la douleur.

Leo expire et prend une brève inspiration, comme si j'allais l'imiter. Comme s'il n'y avait pas une pastèque sur le point de sortir de moi !

— Ta gueule !

Je repousse son visage. Je n'en peux plus d'écouter ses bêtises.

— *Bella*, ne sois pas comme ça. C'est un jour si merveilleux.

Je demande en hurlant :

— Pour qui ?

Je me mets à grogner sur l'homme que j'ai couvert de baisers au réveil ce matin, puis ajoute :

— Tu n'es pas en train de mourir. Moi oui !

Je me conduis peut-être en martyr, mais toutes les mères qui accouchent méritent de se comporter comme bon leur semble, parce que la douleur est colossale.

Et pas qu'un peu ! Prenez la pire douleur que vous ayez déjà ressentie, multipliez-la par vingt, puis étirez-la pendant des heures interminables jusqu'à préférer mourir plutôt que de l'endurer une minute de plus.

C'est l'accouchement.

— Tu exagères un peu.

L'infirmière lève les yeux, consciente que mon humeur vient de passer de mauvaise à merdique en un millième de seconde.

— Leo, si je m'en sors, tu vas le payer.

— Arrête. Tu m'aimes, dit-il en se penchant dans l'intention de m'embrasser la joue.

Je détourne la tête. Je ne veux pas de ses lèvres.

— Au-se-cours.

— Comment ça se passe ? demande ma mère en revenant avec un nouveau verre en plastique rempli de chips, inconsciente du carnage qui s'annonce.

— Elle réfléchit à tous les moyens de me faire la peau, répond Leo avec un petit rire, comme s'il ne me prenait pas au sérieux.

— Ne ris pas, mon p'tit. La haine est bien réelle, à ce stade-là, dit ma mère en secouant la tête. C'est comme si tu voulais calmer un ours en étant couvert de miel. Ne viens pas te plaindre ensuite si elle te met en pièces.

Leo fait un pas en arrière en me regardant, effaré.

— Eh bien, je…

— Elle te tient pour responsable de ça, dit-elle en remuant la main vers mon ventre. Il lui faudra un bon bout de temps pour qu'elle puisse te regarder un jour comme elle le faisait avant.

— Je suis là, dis-je, agacée qu'ils parlent de moi comme si je n'étais pas dans la pièce.

Je sais que ma mère essaie seulement d'aider. Comment est-ce qu'elle a pu vivre ça quatre fois, ça me dépasse. Je ne peux pas imaginer avoir un jour envie de remettre ça, aussi mignon que devienne l'enfant.

Ma mère me tend le verre de chips, mais ce dont j'ai

vraiment envie, c'est d'une grande pizza bien grasse et couverte de poivrons.

— Merci, *Ma*, dis-je en essayant de sourire.

Mon ventre se tord à nouveau. C'est comme si, avec ses ongles, le bébé m'arrachait une couche de chair après l'autre à l'intérieur de moi.

Quand je peux enfin respirer à nouveau, je m'adresse à ma mère :

— Tu as vécu cet enfer quatre fois. Comment ? Pourquoi ?

Elle prend ma main dans la sienne et me sourit gentiment.

— Quand tu poses les yeux sur ton bébé et tombe raide dingue d'amour, tu oublies la douleur.

J'ai un rire cynique.

— Je n'oublierai jamais la douleur. Jamais.

— Mon petit cœur, dit-elle doucement. Tous les souvenirs des merveilleuses années de bonheur que tu m'as données annulent chaque seconde d'agonie que tu m'as causée en naissant. Et laisse-moi te dire que j'ai vécu un enfer, à l'accouchement. Les péridurales étaient trop récentes à l'époque pour que je prenne le risque d'en demander une.

Je grogne :

— Je vais mourir, *Ma*.

— N'en rajoute pas. Dans le temps…

— Ne me dis pas que les femmes s'accroupissaient

dans un champ, mettaient leur enfant au monde et retournaient travailler. Je ne veux pas l'entendre.

Leo s'effondre sur une chaise à côté de mon lit. Je ne l'ai jamais vu comme ça, tout débraillé. Ses cheveux sont hirsutes, les trois premiers boutons de sa chemise sont défaits et sa cravate desserrée pendouille à son cou.

— Bon, dit ma mère, si tu me ressembles, mon cœur, le travail ne devrait plus durer longtemps.

La douleur me fend en deux encore une fois tandis que tous les muscles de mon ventre se contractent. J'halète, essayant de respirer de façon à alléger la douleur, mais rien ne semble y faire.

— Est-on prêt à voir où vous en êtes ? demande le gynécologue en entrant dans la chambre, sur un ton bien trop enjoué à mon goût.

— Sortez-moi ce bébé de là !

Si je pouvais me pencher et le faire moi-même, je n'hésiterais pas une seconde. Je ferais n'importe quoi pour que la douleur cesse.

Le gynécologue enfile une paire de gants et s'assoit entre mes jambes.

— Avez-vous repensé à la péridurale ?

J'ai toujours dit que je voulais un accouchement naturel, en appliquant la méthode Lamaze. Je pensais que j'étais une dure à cuire et que je pouvais supporter la douleur mieux que la plupart des gens… ce qui est ridicule. J'étais très certainement en plein délire.

— J'en veux une dès que possible. Je ne pourrai pas supporter la douleur plus longtemps.

— Voyons comment ça se passe là-dedans.

Par « là-dedans », il veut dire mon vagin. Cet endroit que Leo et moi on aimait tant jusque là. À présent, c'est le lieu de toutes les douleurs et du passage de la vie. Mon pauvre sexe ne sera plus jamais comme avant, détruit à tout jamais par le petit être humain qui essaie de me déchirer de l'intérieur.

— Détendez-vous, dit le médecin avant de fourrer quasiment son bras entier entre mes jambes pour palper le col de mon utérus. Vous êtes suffisamment dilatée pour avoir la péridurale.

Je réponds sans hésiter :

— Posez-la-moi tout de suite.

Faire la femme forte ne m'intéresse plus du tout. Je n'aurai aucune médaille d'honneur pour avoir enduré la souffrance. Quand il sera plus grand, l'enfant ne va pas s'émerveiller en apprenant que j'ai traversé l'enfer pour le mettre au monde.

— Tu es sûre ? me demande Leo, toujours assis sur sa chaise et dispensé de la moindre douleur.

Il devrait s'estimer heureux d'être encore en vie, l'enfoiré.

Je pointe un doigt sur lui et plisse les yeux.

— Tu la fermes.

J'aurais sauté du lit pour l'étrangler de mes mains si

je n'avais pas été retenue par le médecin qui avait toujours sa main en moi.

Leo lève les mains en l'air en prenant peut-être conscience de sa position précaire.

— Tout ce que tu voudras, *bella*.

Ma mère se met à rire en secouant la tête.

— Ne discute pas avec elle, Leo.

— Je ne m'y risquerais pas.

Il apprend petit à petit que se battre avec moi ne me fait pas plier, bien au contraire. Il ajoute :

— Je pense que la péridurale est une excellente idée.

Le gynécologue retire ses gants et se lève.

— L'anesthésiste va venir la poser. Vous vous sentirez mieux dès qu'elle sera en place et fera son effet.

Je lâche entre les dents :

— Merci, putain.

— Vous êtes dilatée à environ sept centimètres. On y est presque.

Je ne sais pas pourquoi tout le monde ici parle de mon accouchement en disant « on ». Je suis la seule à endurer d'atroces souffrances, la seule prête à accoucher. Il n'y a pas de « on ». Les autres sont seulement les spectateurs de ma misère et non d'actifs participants.

Je râle et me tords de douleur à chaque contraction en attendant la péridurale. Je me demande ce que va bien pouvoir être la naissance, alors que l'enfant est encore dans mon utérus et n'a même pas encore entamé sa lente descente dans le passage super étroit de mon vagin. Je grimace en pensant aux épaules. Ce que je ressens n'est qu'un avant-goût de la vraie douleur.

Quelques minutes plus tard, l'anesthésiste entre dans la chambre avec un dossier médical et la plus grande aiguille que j'ai vue de ma vie.

— Est-ce qu'on est prête à être soulagée ? demande-t-il du même air joyeux que tous ceux qui entrent dans cette pièce.

— Je n'ai jamais été aussi prête de toute ma vie, dis-je, tandis que l'infirmière scanne mon bracelet médical.

— Vous allez très vite vous sentir mieux, dit-il en déposant tout son matériel sur un plateau à côté de mon lit. Il va falloir vous asseoir pour que j'aie accès à votre dos.

S'asseoir, ou devrais-je dire « l'exploit de s'asseoir », est devenu presque impossible. Mon ventre a la taille d'un ballon de volley et je ne sais même plus à quoi ressemblent mes pieds.

Leo se précipite vers moi, voyant que je n'arrive pas à me redresser toute seule. Je ne le repousse pas, n'essaie pas de lui lacérer le visage, parce que j'ai besoin de son aide pour me débarrasser de cette douleur.

Il me tire vers lui et j'écarte les jambes sur les côtés du lit. Je n'ai plus aucune pudeur, sachant que tout le monde dans cette pièce a déjà vu mon sexe ou mes fesses. Il n'y a là plus rien de sacré, ni plus rien de joli.

— L'infirmière va mesurer vos contractions pour

m'aider à trouver le bon moment pour vous poser la péridurale en toute sécurité.

Tout en parlant, il fait quelque chose dans mon dos, mais je ne prends pas la peine de demander quoi. Tout ce que je veux, c'est être soulagée, et je ferai tout ce qu'il faudra pour permettre ça.

— Vous allez devoir rester complètement immobile pendant toute la procédure.

Je ne me souviens même plus de ce qu'immobile veut dire. La douleur et les conséquences de chaque contraction me font remuer sur le lit comme si je dansais au sol, ivre morte, trop bourrée pour tenir sur mes deux pieds.

Leo me regarde droit dans les yeux en tenant mes bras de ses deux mains, s'abaissant pour qu'on soit face à face.

— Regarde-moi, dit-il.

Je le toise.

— C'est de ta faute si j'ai si mal.

— Je sais. Concentre-toi sur ta haine, me dit-il. Complote sur ma mort si tu veux, mais ne bouge pas.

Mes ongles s'enfoncent dans la peau de ses bras tandis que je me cramponne à lui et qu'il me retient. La procédure prend moins de temps que je n'aurais cru et n'est pas si douloureuse, à côté de ce qu'un être humain fait à l'intérieur de mon ventre.

— Vous serez soulagée sous peu, dit l'anesthésiste. Vous pouvez vous allonger et vous détendre.

— Tu t'en sors très bien, me dit gentiment Leo.

J'ai toujours envie de lui arracher les yeux, mais un peu moins à chaque minute qui passe.

L'infirmière appuie sur quelques boutons du monitoring pendant que je me rallonge.

— Vous devriez pouvoir vous reposer, maintenant. Vous en aurez besoin avant le travail final.

Ma mère se tient au pied de mon lit en souriant.

— Je vais aller donner des nouvelles à ton père et tes frères. Je reviens vite, mon cœur. Dors un peu.

— Oui, *Ma*. Je vais faire au mieux.

Un instant plus tard, tout le monde est parti. Il n'y a plus que Leo et moi dans la chambre.

— Ça va mieux ? demande-t-il.

— Peut-être, dis-je, sentant déjà l'effet magique de la péridurale mettre un terme à mon agonie.

Leo se penche au-dessus du lit et prend ma main.

— Repose-toi, *bella*.

Je ferme les yeux, pensant pouvoir dormir quelques heures. Mais j'aurais dû m'en douter : les hôpitaux sont loin d'être des havres de paix. Des gens entrent et sortent constamment de la chambre et vérifient ma filière génitale comme si elle détenait des réponses magiques aux mystères de l'univers. Il y a toute une effervescence autour de mes signes vitaux et des battements cardiaques du bébé. Je ne peux pas me reposer. Je ne pourrai plus jamais avoir un seul moment de paix, pour le restant de mes jours, parce que je suis sur le point de devenir mère.

———

— Poussez, dit le docteur, alors que je me cramponne à mes genoux, à bout de force comme je ne l'ai jamais été de toute ma vie.

— Tu peux le faire, m'encourage Leo, et j'ai à nouveau envie de lui tordre le cou.

J'ai l'impression d'essayer de sortir le plus gros caca de ma vie mais même en y mettant toute mon énergie et mon application, rien ne sort.

— Je vois la tête, m'annonce le médecin en me regardant par-dessus mon entrejambe.

— Sortez ce bébé de moi, dis-je en le suppliant.

Mon visage se couvre de larmes quand je pousse encore de toutes mes forces.

— Plus que quelques poussées, dit le médecin comme si ça allait me réconforter.

Je ne veux pas faire encore quelques poussées. Bon sang, je n'ai même pas envie d'en faire encore une seule. Je veux que tout soit fini, tenir mon bébé dans mes bras et tout oublier de ces douze dernières heures de ma vie.

— Tu t'en sors très bien, me dit Leo en souriant et en épongeant mon front avec un tissu frais et humide.

— Si vous voulez, tous les deux, vous pouvez lui

tenir une jambe chacun et l'aider pour les derniers efforts, dit le médecin à Leo et à ma mère, annonçant ainsi le bouquet final.

Ils me prennent par les genoux et regardent entre mes jambes tandis que je me redresse et pousse le plus fort possible.

Le médecin m'encourage :

— Plus fort, plus fort, encore, continue !

La haine que j'avais pour Leo se reporte sur l'homme recroquevillé entre mes jambes qui me dit de faire ce que je fais déjà de mon mieux pour aider le bébé à sortir.

Je ne sens pas la douleur, mais elle est remplacée par la plus grande pression qui soit. Je serais morte sur place sans la péridurale. Maintenant j'en suis sûre.

Après trois autres poussées, je suffoque au moment où les épaules du bébé sortent.

— Oh mon Dieu, dit ma mère en se couvrant la bouche, les larmes aux yeux.

— *Bella*, dit Leo comme s'il admirait entre mes jambes la plus belle vision au monde.

Je retombe la tête sur l'oreiller, soulagée d'avoir survécu à l'accouchement et plus heureuse que jamais d'en avoir fini.

— Félicitations, déclare le médecin en tenant le bébé dans ses bras avant de le déposer sur ma poitrine. Vous avez un fils.

Leo s'essuie le visage pour dissimuler les larmes qu'il verse à coup sûr.

— Un fils, murmure-t-il.

— Souhaitez-vous couper le cordon ombilical ? lui demande le médecin.

— Oui, répond Leo en hochant la tête.

Des larmes coulent sur mes joues, répondant à celles de ma mère et de Leo, mais pour une raison toute différente. Je suis heureuse, bien sûr, mais c'est surtout parce que l'accouchement est terminé que je pleure de joie. Le bébé hurle tandis que la dure réalité de la vie s'abat sur nous.

Je suis maman.

Il n'y a plus de retour possible, je ne peux aller que de l'avant.

Dès que l'infirmière a donné le feu vert pour les visites, la famille entière, le père de Leo inclus, est venue s'amasser dans ma chambre d'hôpital. Ils se sont battus pour prendre place comme si c'était une compétition. Au final, monsieur Conti et Leo sont d'un côté du lit et mes parents de l'autre. Delilah, Lucio, Vinnie, Angelo et Michelle bouchent les trous, formant un cercle de personnes que je n'aurais pas cru capable de voir s'entasser dans un espace si petit… du moins, pas sans la moindre effusion de sang.

Ils regardent le petit bout de chou dans mes bras comme s'ils n'avaient jamais vu de bébé.

— Il est tellement beau, dit ma mère, la tête posée sur l'épaule de mon père.

— Regardez tous ces cheveux. Comme toi, Leo, dit Mario à son fils.

Il a la gorge un peu nouée par l'émotion, mais il le cache bien. Monsieur refuse de montrer qu'il a un cœur sous sa carapace de chef mafieux au sang-froid.

— Vous avez gardé le secret depuis des mois au sujet du prénom, tous les deux. Alors, comment s'appelle-t-il ? demande mon père.

Je regarde Leo en souriant. Je sais que ça a ennuyé nos familles, mais on a tenu bon. À vrai dire, on hésitait encore entre quelques prénoms et on attendait de voir notre enfant pour se décider.

— En signe de respect pour nos grands-parents, annonce Leo à l'assemblée en serrant ma main, nous l'avons nommé Nino Raffaele Conti.

— C'est parfait, dit ma mère en essuyant les larmes qui se sont mises à couler un peu plus fort et plus facilement qu'avant.

— C'est un beau nom, dit Mario. Fort.

Ma mère prend Nino dans ses bras et toute l'attention part avec lui.

— Comment te sens-tu ? me demande Delilah.

— Comme si une voiture m'était passée dessus, dis-je en riant.

— Oui. Cette sensation va durer un moment. D'abord, c'est physique ; ensuite, c'est mental. Mais, ajoute Delilah en levant les yeux vers Leo, au moins, tu auras quelqu'un pour t'aider avec le nouveau-né.

Je ne peux même pas imaginer vivre tout ça toute seule. Delilah est bien plus forte que moi, c'est évident. Sans l'aide de ma famille et de mon mari, j'aurais été à ramasser à la petite cuillère.

— Tu es une super-héroïne, Delilah.

— Oh, arrête, dit-elle en rougissant. Je ne compte pas revivre ça seule la prochaine fois.

J'incline la tête et hausse un sourcil.

— La prochaine fois ?

Elle pose une main sur son ventre et me fait un clin d'œil en mimant « chut ».

Je me demandais pourquoi Lucio avait l'air si enjoué ces derniers temps. Je comprends mieux, maintenant. Vu son amour pour Lulu, il va être aux anges de vivre toutes les joies et les terreurs de la parentalité depuis le tout début.

— Je profite que nous soyons tous réunis, déclare mon père avant de s'éclaircir la gorge, pour vous annoncer quelque chose.

Le silence emplit la pièce.

— Nous avons choisi une date, explique ma mère.

Je lève les yeux au ciel. Ça fait presque un an que mon père a fait l'annonce de leur mariage, mais fidèle à la façon de faire des Santino, il n'a rien précipité.

Mon père attire ma mère contre lui.

— Nous nous marierons le 23 décembre.

— Félicitations, Pop, dit Vinnie en donnant à mon père une bourrade dans l'épaule qui le renverse presque.

— C'est pas trop tôt, ajoute Angelo.

— Vous êtes sûrs de vous ? demande Lucio sans ciller.

— Il va enfin faire de moi une honnête femme, dit ma mère en riant. Ça n'aura pris que le temps de quatre enfants et de quatre petits-enfants, mais on y est !

La vie normale dont je rêvais il n'y a pas si longtemps est finalement devenue ma réalité. Une famille heureuse, un mari sexy, un beau bébé et, pour une fois, tout le monde qui s'entend bien… même avec Mario, ce qui est un miracle en soi.

Je remue dans mon lit, cherchant en vain une position confortable, mais mon corps est trop meurtri d'avoir tant combattu. Quiconque dirait le contraire serait un fieffé menteur.

Angelo regarde vers le lit et nos yeux se rencontrent alors que je grimace.

— On devrait peut-être y aller, dit-il.

— Non, non, dis-je en essayant de jouer les durs parce que j'ai horreur de paraître faible.

— Tu as raison, Ang, dit Lucio. Je suis sûr que Leo et Daphne aimeraient se retrouver un peu seuls.

Vinnie se rapproche du lit et vient m'embrasser sur la joue.

— Je t'aime, frangine. Tu aurais dû l'appeler Vinnie, mais je comprends parfaitement. Il aurait eu la barre haute.

— Tais-toi, dis-je en essayant de ne pas rire parce que mon corps me fait trop mal. Fiche le camp.

Le téléphone de mon père se met à sonner et il nous tourne le dos pour répondre.

— Oui ?

Il y a un petit temps d'arrêt avant que ses épaules ne s'affaissent.

— Quand ? Où ça ?

Tous les yeux sont braqués sur lui quand il nous fait face à nouveau.

— Je dois y aller, dit-il en marchant vers moi. Je suis désolé.

Il est tendu et toute trace de joie a disparu de son visage. Je lui demande :

— Qu'est-ce qui ne va pas ?

— Ne t'inquiète de rien, ma douce, répond mon père en déposant un baiser sur ma joue et en repoussant mes cheveux en arrière. Profite de mon petit-fils. Je reviendrai vous voir plus tard.

— Pop, dit Angelo en lui coupant la route avant qu'il ait pu sortir de la pièce. Que s'est-il passé ?

Mon père est pâle. La seule fois où je l'ai vu comme ça, c'est quand il s'est fait arrêter. Je saute donc sur la seule conclusion possible à mes yeux et demande :

— Tu vas te faire arrêter ?

Vinnie pose les mains sur les épaules de mon père.

— Dis-nous, Pop.

Mon père se tourne vers Mario et le regarde droit dans les yeux.

— Johnny s'est fait descendre.

Et là, toute la sérénité et la normalité que je croyais avoir enfin atteintes disparaissent d'un seul coup.

Merci d'avoir lu Confluence !
*La saga familiale continue avec **ACCRO** !*

Angelo Gallo pensait ne plus jamais pouvoir tomber amoureux, jusqu'à ce qu'une adorable fille du sud au passé tragique vienne bouleverser sa vie.

Tatoueurs Chicago Sud
MEN OF INKED®

Lisez Maintenant

DISCRÈTE ÉDITION

Chelle est une écrivaine à temps plein éprise de légèreté, accro aux réseaux sociaux et au café. C'est une ancienne professeure d'histoire.

Vous trouverez plus d'informations sur les livres de Chelle sur menofinked.com.

Recevez ma newsletter en vous inscrivant sur *menofinked.com/french*

Rejoignez mon Groupe de Lecteurs Privé sur Facebook :

facebook.com/groups/blisshangout

Vous souhaitez m'écrire quelques mots ?

facebook.com/authorchellebliss1
instagram.com/authorchellebliss
bookbub.com/authors/chelle-bliss
goodreads.com/chellebliss
tiktok.com/@chelleblissauthor
amazon.com/author/chellebliss
pinterest.com/chellebliss10